Dans le rôle d'une reine

W0274893

HEIDI RICE

Dans le rôle d'une reine

Traduction française de
LOUISE LAMBERSON

AZUR

HARLEQUIN

Collection : Azur

Titre original :
THE ROYAL PREGNANCY TEST

© 2020, Heidi Rice.
© 2021, HarperCollins France pour la traduction française.

Ce livre est publié avec l'autorisation de HARLEQUIN BOOKS S.A.

Tous droits réservés, y compris le droit de reproduction de tout ou partie de l'ouvrage, sous quelque forme que ce soit.
Toute représentation ou reproduction, par quelque procédé que ce soit, constituerait une contrefaçon sanctionnée par les articles 425 et suivants du Code pénal.

Si vous achetez ce livre privé de tout ou partie de sa couverture, nous vous signalons qu'il est en vente irrégulière. Il est considéré comme « invendu » et l'éditeur comme l'auteur n'ont reçu aucun paiement pour ce livre « détérioré ».

Cette œuvre est une œuvre de fiction. Les noms propres, les personnages, les lieux, les intrigues, sont soit le fruit de l'imagination de l'auteur, soit utilisés dans le cadre d'une œuvre de fiction. Toute ressemblance avec des personnes réelles, vivantes ou décédées, des entreprises, des événements ou des lieux, serait une pure coïncidence.

Le visuel de couverture est reproduit avec l'autorisation de :

HARLEQUIN BOOKS S.A.

Tous droits réservés.

HARPERCOLLINS FRANCE
83-85, boulevard Vincent-Auriol, 75646 PARIS CEDEX 13
Service Lectrices — Tél. : 01 45 82 47 47 – www.harlequin.fr
ISBN 978-2-2804-6404-8 — ISSN 0993-4448

Composé et édité par HarperCollins France.
Imprimé en octobre 2021 par CPI Black Print (Barcelone)
en utilisant 100% d'électricité renouvelable.
Dépôt légal : novembre 2021.

FSC www.fsc.org MIXTE Papier issu de sources responsables FSC® C159065

Pour limiter l'empreinte environnementale de ses livres, HarperCollins France s'engage à n'utiliser que du papier fabriqué à partir de bois provenant de forêts gérées durablement et de manière responsable.

Prologue

La princesse Juno Alice Monroyale freina et remonta ses lunettes de protection sur le front pour admirer la vue grandiose. Les flocons de neige virevoltaient au-dessus du paysage alpin d'un blanc immaculé sur lequel se détachaient les tourelles du palais de style Renaissance perché sur la colline, de l'autre côté de la vallée. La majestueuse silhouette se découpait dans la clarté crépusculaire, tel un château féerique sortant tout droit d'un roman fantastique.

Cela faisait huit ans et demi qu'elle n'était pas revenue dans son pays natal et n'avait vu sa jumelle, Jade – la reine de Monrova –, en chair et en os.

Pourquoi avait-elle attendu aussi longtemps ?

Les souvenirs des événements désastreux survenus l'été de ses seize ans resurgirent à sa mémoire.

« Embrasse-moi, Leo, tu en meurs d'envie, ne dis pas le contraire. »

« T'embrasser ? Tu n'es qu'une enfant gâtée. Allez, laisse-moi tranquille, sinon je dirais à ton père de te donner une bonne fessée – c'est tout ce que tu mérites ! »

Le rouge lui monta aux joues, réchauffant sa peau glacée. Juno entendait encore le mélange de mépris et d'amusement colorant la voix du roi Leonardo DeLessi Severo ; elle voyait encore l'expression d'ennui qui se lisait dans ses magnifiques yeux bleus. Elle sentait encore les frissons la traverser tandis qu'il lui prenait fermement les poignets et la repoussait.

Incroyable… Le souvenir de ces terribles instants suffisait encore à la faire frémir d'embarras.

Incroyable et impressionnant, si l'on songeait à toutes les autres situations embarrassantes qu'elle avait rencontrées depuis. La dernière en date étant la pagaille semée sur les réseaux sociaux juste avant son départ.

Juno rabaissa ses lunettes et fit vrombir le moteur de la motoneige de location.

Pas question de repenser à cet été épouvantable, ni à l'erreur commise deux jours plus tôt à New York, chez Byrne IT, où elle venait d'être embauchée. Heureusement, ce n'était pas si catastrophique, comme gaffe, et le grand patron, Alvaro Byrne, ignorait tout de l'affaire. Le calme serait revenu depuis longtemps quand elle rentrerait à New York.

Forte de cette certitude, Juno traversa la vallée en direction de l'entrée annexe et inusitée du palais qu'elle et Jade avaient découverte au cours d'une escapade.

Elles avaient été si heureuses, si excitées de pouvoir se retrouver tous les ans pour les vacances d'été ! Juno avait en effet été exilée à New York avec leur mère, Alice, tandis que Jade – l'aînée de deux minutes et par conséquent l'héritière de la Couronne - restait avec leur père, le roi Andreas, pour être formée à son futur rôle de monarque. Mais au fil des étés, Juno avait eu de plus en plus de mal à se plier aux règles strictes édictées par son père et à ne pas entraîner Jade dans ses folles aventures.

Sa malheureuse tentative avec Leo avait été la goutte d'eau qui avait fait déborder le vase – parce que son père avait été mis au courant, évidemment. Juno engagea la motoneige dans le sentier étroit grimpant à flanc de colline et frissonna au souvenir des paroles qu'il avait prononcées ce jour-là, de la froideur et de la dureté de son regard…

« Si tu continues à te conduire d'une manière qui ne convient pas à ton rang, tu retourneras immédiatement auprès de ta mère à New York. Tu comprends ce que je dis ? Ton comportement empire d'année en année. Non seulement tu es insolente et désobéissante, et tu exerces une très mauvaise influence sur ta sœur, mais tu as déshonoré la Couronne en te jetant éhontément au cou du roi Leonardo. Tu deviens aussi encombrante que l'était ta mère. »

Juno lui avait bien sûr répondu qu'il pouvait aller au diable avec ses menaces. Parce qu'elle était blessée, humiliée, et faisait tout pour ne pas le montrer. Mais la façon glacée dont il avait hoché la tête avant de la faire évacuer et renvoyer illico à New York, sans même lui donner la possibilité de dire au revoir à sa sœur, la hantait toujours.

Pas étonnant qu'elle ne soit pas retournée à Monrova du vivant de son père !

L'avait-il jamais aimée ?

Juno essuya résolument la larme qui avait glissé de dessous ses lunettes et carra les épaules. Si elle ne voulait pas avoir les yeux gelés, elle avait intérêt à se ressaisir.

Cela n'avait plus d'importance, de toute façon. Le roi Andreas était mort depuis plus d'un an. Et maintenant, elle revenait librement à Monrova et se réjouissait à l'avance de la surprise qu'elle allait faire à sa sœur.

La douce et paisible Jade au grand cœur, désormais reine de Monrova, qui aimait assez sa jumelle pour ne pas voir ses innombrables défauts.

Juno amorça le dernier virage et franchit le portail en fer forgé en réprimant un cri de triomphe.

Elle avait réussi. Elle revenait pour Noël et rien – ni les souvenirs du rejet brutal de Leo, ni le dur châtiment de son père, ni même sa propre propension à tout gâcher - ne l'empêcherait dc partager ces instants privilégiés avec Jade.

Ne restait plus qu'à se faufiler jusqu'aux appartements, situés dans l'aile ouest du palais, où la reine se serait à coup sûr retirée pour se reposer et se détendre avant le Bal d'hiver qui aurait lieu ce soir.

L'essentiel était de ne pas se faire repérer.

Vingt minutes plus tard, Juno arriva à proximité des appartements de sa sœur sans avoir rencontré aucun obstacle en chemin. Son plan avait fonctionné à merveille...

Elle longea un salon décoré de guirlandes de houx mêlées de rubans dorés et rouges, aperçut un immense sapin qui trônait au milieu d'une salle de séjour, scintillant de lumières multicolores. Il avait l'air magique et mystérieux, comme ceux de son enfance.

Des parfums délicieux embaumaient l'atmosphère, mélange d'encaustique, de sève de pin et de cannelle.

Tout doucement, Juno ouvrit la double porte donnant sur le salon des appartements qu'elle partageait autrefois avec Jade et la vit, installée sur un canapé et lisant un roman devant un feu de cheminée. Ses cheveux châtains, si semblables aux siens, formaient un halo autour de sa tête. Et dans un coin de la pièce, un imposant sapin superbement décoré se dressait dans toute sa majesté.

— Jade, dit-elle, la voix rauque d'émotion.

Sa sœur redressa la tête et souffla :

— Juno ? Tu... Tu es là ?

— Oui, mais ne parle pas trop fort. Je suis ici incognito.

Un sourire heureux éclaira le visage de Jade. Elle laissa tomber son livre sur le tapis et bondit du canapé.

Le cœur battant à tout rompre, Juno sentit les bras minces se refermer sur elle tandis que, les larmes aux yeux, elle serrait sa jumelle contre elle à l'étouffer. Son parfum de vanille l'enveloppait, rassurant et familier.

Elle était rentrée à la maison. Enfin.

— C'est si bon de t'avoir ici, avec moi ! s'exclama Jade en riant.

Aux anges, elle s'assit en tailleur sur le canapé. Juno remarqua qu'elle avait minci et paraissait encore plus calme qu'autrefois. Un peu trop, même. Comme si cette sérénité lui servait de bouclier.

— Oui, c'est merveilleux d'être là, acquiesça Juno.

— Combien de temps peux-tu rester ? Tu viens au Bal d'hiver ce soir, n'est-ce pas ? Nous allons te trouver une robe, ne t'en fais pas. Tu veux manger quelque chose ? Boire une tasse de thé ? Un verre de vin ? Une coupe de champagne ? demanda Jade en tendant le bras vers l'appareil sophistiqué qui permettait de communiquer avec l'office.

Juno se pencha en avant pour arrêter son geste.

— Non ! Surtout pas ! Attendons un peu avant de leur dire que je suis là. C'est pour cela que je suis entrée en catimini. Pour te faire une surprise, mais aussi pour que nous puissions passer un moment ensemble, avant que…

— Ça alors ! l'interrompit sa sœur en reposant le boîtier numérique. *Personne* ne sait que tu es là ? Comment as-tu fait ? Je vais peut-être dire deux mots au chef de la sécurité.

— C'est très simple : je suis entrée par notre portail secret, et ensuite, je me suis fait passer pour toi.

— Tu plaisantes ? fit Jade en écarquillant les yeux.

— Pas du tout. Ça a marché comme sur des roulettes !

— Tu es incroyable, Juno, murmura sa sœur. Et tu n'as pas changé d'un iota.

— À propos du bal, dit Juno. Je pourrais y aller, c'est vrai… Et si nous apparaissions tout à coup sans prévenir personne ? Ils auront l'impression de voir double.

— Génial… Sauf que…

Jade s'interrompit et cessa de sourire.

— Sauf que le roi Leonardo sera présent, en tant qu'invité d'honneur. Il pourrait ne pas apprécier la surprise.

Leo ? Juno tressaillit. Allait-elle être soumise à un test ? Et pourquoi était-il l'invité d'honneur, au juste ?

— Leo l'abruti est là ? demanda-t-elle, espérant que sa sœur ne remarquerait pas son trouble.

Juno ne lui avait jamais parlé de sa désastreuse tentative de séduction. C'était trop humiliant.

— Le roi Leonardo n'est pas un abruti, Juno, répliqua Jade avec un doux sourire. C'est un brillant diplomate. Un chef d'État consciencieux et extrêmement intelligent. Et…

Une expression dubitative passa sur les traits de sa sœur.

— C'est un homme respectable, en dépit de ses quelques aventures qui ont fait le buzz sur les réseaux sociaux et la une de la presse people.

— « Ses *quelques* aventures » ? s'exclama Juno en haussant les sourcils. Ce type est un play-boy notoire. Il collectionne les conquêtes féminines comme d'autres les cravates de marque !

— Non, ce n'est pas vrai, protesta Jade. Depuis quelques mois, il est beaucoup plus sage, et…

— Attends…, l'interrompit Juno en plissant les yeux.

Elle se rappela soudain les spéculations des journalistes à propos d'un « mariage de conte de fées » entre le roi de Severene et la reine de Monrova. Elle avait considéré cela comme une rumeur infondée – Jade n'avait jamais fait allusion à Leo dans leurs échanges, pas une seule fois.

— Pourquoi est-il l'invité d'honneur ? Vous n'êtes pas…

Sa sœur détourna les yeux.

— Les rumeurs, c'était du bluff, n'est-ce pas ? Tu ne sors pas avec lui ?

Imaginer sa douce et innocente jumelle avec Leo était inconcevable. Il n'en ferait qu'une bouchée.

— Non, nous ne sortons pas ensemble, commença Jade en rougissant. Leonardo est ce qu'on appelle un bel homme, je suppose, mais… il n'y a pas la moindre étincelle entre nous.

— Tu me rassures ! ne put s'empêcher de s'exclamer Juno.

Tout en se demandant si sa sœur était aveugle. À vingt-deux ans, Leo avait été charismatique et séduisant. À trente, il était magnifique et *follement* sexy. Juno n'avait bien sûr pas perdu son temps à regarder les photos de lui qui s'étalaient dans la presse people, mais elle en avait vu quelques-unes, forcément.

— Mais…

Juno n'aimait pas du tout l'expression du regard de sa sœur – obstinée, loyale, pragmatique… Une expression qu'elle connaissait trop bien.

— Mais quoi ?

— Mais il m'a proposé d'unir nos deux royaumes et je réfléchis à sa proposition. Père y était favorable, il me l'a dit avant sa mort. Et une telle union représenterait des avantages indéniables pour nos deux pays. Un héritier commun serait…

Juno l'arrêta d'un geste de la main.

— Répète ? Tu as bien dit un *héritier* commun ? En d'autres termes, un bébé ? De quel genre d'union s'agit-il, au juste ?

Cette fois, Jade eut le bon goût de prendre un air penaud.

— D'un… D'un mariage.

Un étau enserra la poitrine de Juno.

— Tu viens de reconnaître que tu ne le trouvais même pas attirant ! répliqua-t-elle avec effort. Et maintenant, tu me dis que tu souhaites *l'épouser* et avoir des *enfants* avec lui ?

Sa sœur ne se rendait-elle pas compte que cette idée était absurde ?

— Ce n'est pas que je le souhaite, commença prudemment Jade. Mais j'y songe, en effet. Nos conseillers sont très favorables à une telle union politique. Et nous ne serions pas obligés d'entretenir des rapports intimes pour avoir un héritier.

Elle s'interrompit, les joues écarlates.

— Il y a d'autres façons de concevoir un enfant.

Des façons qui n'intéresseraient nullement un don Juan comme Leo. Juno l'aurait parié. Jade ne le voyait peut-être pas, mais cet homme était la sensualité incarnée. Même en photo. Et ce genre de mâle arrogant ne consentirait jamais à faire un enfant à sa femme par le biais d'une fécondation in vitro. Sauf en cas d'extrême nécessité.

— Tu as abordé la question avec Leo ? demanda-t-elle.

— Non, répondit Jade. Nous n'avons encore rien décidé pour l'instant.

— Pour l'instant ?

— J'ai promis à Leonardo que je lui dirais ce soir si j'étais disposée à…

— Parfait, l'interrompit Juno. Il est encore temps d'empêcher cette folie, alors.

Elle devait absolument faire entendre raison à sa sœur. La dissuader de prendre une décision qu'elle regretterait tôt ou tard et jusqu'à la fin de ses jours. Il fallait agir. Et vite.

Jade avait été préparée depuis l'enfance par leur père depuis toujours pour lui succéder sur le trône, mais le devoir avait des limites. Envisager d'épouser un homme qui ne vous faisait même pas fantasmer, par exemple.

À vrai dire, Juno n'avait pas beaucoup d'expérience en la matière. Après le rejet humiliant de Leo, elle avait dû subir les avances des petits amis de sa mère – qui n'insistaient jamais, heureusement - et avait eu une brève aventure insignifiante avec un garçon du lycée, au cours de laquelle elle avait perdu sa virginité. Pas étonnant que depuis, elle ne soit pas vraiment portée sur le sexe. De là à envisager de concevoir un héritier dans un tube à essai…

Et puis, c'était peut-être ringard, mais… Et l'amour, dans tout ça ?

— Mais…, commença de nouveau Jade.

— Mais rien ! Je ne te laisserai pas faire une bêtise pareille. Tu ne te sacrifieras pas pour Monrova et encore moins parce que c'était le désir de notre père. Il est décédé, c'est toi qui commandes, maintenant, et tu as le droit de choisir ton mari. Et la façon dont tu souhaites vivre.

Juno regarda autour d'elle et vit soudain le luxueux décor pour ce qu'il était vraiment : une prison dorée. Pendant qu'elle-même menait une vie chaotique avec leur mère à New York, sans limites d'aucune sorte, Jade avait vécu une vie étouffante régie par le devoir et les interdits.

Elle se concentra sur sa sœur tandis qu'une idée prenait forme dans son esprit. Une idée aussi insensée que risquée, mais follement exaltante.

Jade devait sortir de ce palais, au moins durant quelque temps, et vivre sa vie. Une vraie vie, une vie normale. Ou aussi normale que possible. Une vie où elle serait libre de faire ses propres choix, sans devoir toujours considérer les priorités des autres avant les siennes. Une vie où les gens ne l'épieraient pas, ne la jugeraient pas sans cesse. Une vie où elle pourrait commettre des erreurs sans risquer de provoquer un incident diplomatique.

C'était une idée de génie. Mais comment la faire adopter par Jade ?

— À quoi penses-tu ? demanda celle-ci en plissant le front.

— À rien.

— Ah ? Parce que tu as cet air que tu avais lorsque tu projetais de m'embarquer dans une aventure qui finissait immanquablement par nous attirer des ennuis à toutes les deux…

Mais Jade ne semblait pas du tout inquiète à cette perspective. Elle paraissait intriguée, curieuse, et même excitée… Comme autrefois, quand elles étaient enfants.

— J'ai une idée…, commença Juno. Une idée folle, c'est vrai, mais qui te donnera le temps et l'espace dont tu as besoin pour réfléchir et décider si tu veux vraiment épouser Leo l'abruti.

Ou plutôt, pour comprendre que ce serait un véritable désastre.

— Leonardo n'est pas un abruti ! protesta de nouveau Jade.

Mais elle souriait, et ses yeux pétillaient de curiosité.

— Et qui me donnera l'occasion de savoir si père a eu

raison ou pas de me mettre à la porte avec maman, poursuivit Juno.

Et de savoir ce que Leo avait vraiment dans la tête, et le cœur…

Pas question. Elle s'était retrouvée avec l'ego en miettes et n'avait pas l'intention de renouveler l'expérience.

— Père avait tort, répliqua Jade avec sérieux. Alors, qu'est-ce que c'est, ton idée folle ?

Juno inspira à fond, puis se jeta à l'eau.

— On échange nos places.

Sa sœur la dévisagea en silence, l'air suffoqué.

— À partir de maintenant jusqu'au nouvel an, je suis la reine de Monrova et toi la princesse déchue exilée à New York.

1.

Leonardo DeLessi Severo étouffa un bâillement.

Il s'ennuyait à mourir.

Participer à des événements officiels tels que le Bal d'hiver de Monrova faisait partie de ses attributions de chef d'État d'un riche pays européen. Ainsi que prononcer des discours creux, proférer des banalités avec dignité, porter des uniformes inconfortables surchargés de décorations, et se balader avec une lourde épée d'apparat au côté.

Il retint un soupir impatient.

Où était la reine, bon sang ?

Elle avait presque une heure de retard alors qu'elle était l'hôtesse de la soirée. Leo éprouvait de la sympathie et du respect pour la jeune souveraine de Monrova. Lorsqu'il avait souligné les avantages d'une union entre leurs deux pays, elle avait fait preuve d'intelligence et d'intérêt, tout en affichant une certaine réserve. Elle serait une épouse et une coéquipière parfaite. Son statut et son pedigree, sans parler des abondantes ressources minières de Monrova, ajoutés à leur dévouement commun envers leurs pays, feraient d'eux le couple le plus puissant de la région. Et leur mariage permettrait de donner un héritier à leurs deux pays. En outre, elle était plutôt belle, ce qui ne gâtait rien.

Il n'y avait toutefois aucune alchimie sexuelle entre eux – et Leo soupçonnait, hélas, que la jeune reine était vierge. Avant de mourir, son père avait souvent vanté la *respectabilité* de sa fille. Autrement dit, il ne lui avait permis aucune relation masculine, avait traduit Leo. Et depuis son accession au trône, pas la moindre rumeur de romance n'avait circulé au sujet de la reine de Monrova… Excepté avec lui, ce qui relevait de la fiction pure. Même s'il comptait bien transformer rapidement ces rumeurs en réalité.

Leo l'aurait préférée un peu moins chaste, mais séduire une jolie femme ne lui avait jamais posé de problème. Aussi n'était-il pas inquiet : le manque d'expérience de Jade ne constituerait pas un obstacle et, une fois qu'ils seraient mari et femme, il entendait bien la satisfaire au lit.

En revanche, ce retard commençait à l'agacer. Non seulement il était las des conversations insipides, mais, n'ayant rien avalé depuis le petit déjeuner, il mourait littéralement de faim et n'avait pas l'intention de se contenter de champagne, aussi délicieux fût-il, et de musique de chambre pourtant interprétée à la perfection par l'orchestre du palais.

La reine tardait décidément à apparaître. Si elle acceptait de l'épouser, elle devrait comprendre que de tels manquements à ses devoirs d'hôtesse étaient inadmissibles.

Une sonnerie de clairon retentit, puis un courtisan apparut sur le balcon qui surplombait l'antichambre royale.

Enfin ! Il était grand temps…

Un murmure parcourut l'assemblée tandis que la reine Jade s'avançait vers l'escalier monumental. Mais lorsqu'elle descendit les marches, un phénomène étrange se produisit en Leo.

Son souffle devint irrégulier.

Curieux…

La dernière fois qu'ils s'étaient rencontrés, environ un mois plus tôt, il l'avait trouvée belle, mais il n'avait encore jamais remarqué la splendeur de ses courbes, ô combien sensuelles, mises en valeur par la robe longue en soie argentée.

Subjugué, il contempla le bustier brodé de pierres précieuses, le profond décolleté…

Son cœur s'emballa, l'obligeant à se concentrer sur la

superbe chevelure châtaine remontée avec art sur le dessus de la tête et couronnée d'une tiare de diamants. Les joyaux étincelaient dans la lumière de l'énorme lustre de cristal, laquelle soulignait les hautes pommettes et la teinte des yeux de la reine.

Le souffle de plus en plus irrégulier, il regarda la soie chatoyer à chaque pas et caresser le corps mince aux courbes voluptueuses.

Une puissante majesté émanait de la ravissante silhouette, mais il s'y ajoutait quelque chose d'incroyablement sensuel et de charnel qui la rendait plus accessible que Leo ne l'avait pensé un mois plus tôt. Ce qui était des plus surprenant. D'ordinaire, il était fin observateur en matière de femmes, surtout lorsqu'il s'agissait de celle qu'il avait l'intention d'épouser.

L'étincelle qu'il avait crue inexistante se mit à pétiller. Au même instant, la foule s'écartant pour la laisser passer, le regard de la reine, hardi et direct – et maintenant dénué de toute réserve –, croisa le sien et y resta rivé. Au lieu de saluer les autres invités de marque en premier, comme l'exigeait le protocole, elle passa devant eux et se dirigea droit vers lui.

L'étincelle se transforma en coulée de lave brûlante qui déferla en lui, entraînant une réaction immédiate de sa libido.

Le regard de la reine descendit sur sa bouche, à la fois provocant et amusé, et soudain Leo eut l'impression qu'elle l'évaluait comme il le faisait lui-même avec ses étalons.

Pourquoi n'avait-il jamais remarqué cet éclat malicieux dans ses yeux couleur d'émeraude ?

— Bonsoir, Leo, dit-elle d'une voix légèrement voilée.

Lors de leurs précédentes rencontres, elle avait toujours respecté l'étiquette et le protocole à la lettre. Elle ne l'avait jamais appelé par son prénom, et personne n'utilisait ce diminutif…

Personne, sauf…

« Embrasse-moi, Leo, tu en meurs d'envie, ne dis pas le contraire. »

Le souvenir d'un regard brûlant de désir, d'une voix aux accents encore juvéniles mais déjà sensuels, de doigts fins et doux lui caressant la nuque… Tout cela lui revint à la fois, suscitant en lui une sensation de malaise – et de honte - si intense qu'il se raidit malgré lui.

Ce n'était pas elle qui se tenait devant lui, pourtant ! La sœur de Jade, la princesse Juno, la plus jeune des jumelles. L'adolescente rebelle qui s'était stupidement entichée de lui un été, huit ans et demi plus tôt. Cet engouement n'avait pas prêté à conséquence, jusqu'à ce qu'elle essaye de l'embrasser un soir et que, l'espace d'un instant, il soit tenté de céder à son désir.

Il avait vingt-deux ans et elle seize. À ses yeux, elle n'était qu'une gamine, jusqu'au moment où, au clair de lune, il avait vu en elle la femme, et non plus l'adolescente.

Assez divagué ! À présent, c'était son estomac vide qui lui jouait des tours…

La créature superbe qu'il avait en face de lui était Jade, la reine de Monrova, la femme superbe qu'il comptait bien épouser. Pas sa jumelle effrontée et indisciplinée.

Un nouveau murmure parcourut l'assemblée. Dans quelques heures, tous les médias ne parleraient que de cela : la reine de Monrova avait appelé le roi de Severene par un petit nom intime…

— Bonsoir, Majesté, dit-il en souriant, sûr de lui et de son charme.

— J'espère ne pas vous avoir fait attendre trop longtemps, répliqua-t-elle d'un ton moqueur démentant tout regret.

Où était passée la réserve qu'il connaissait ? Ou *croyait* connaître, manifestement.

Il baissa les yeux sur les ravissants renflements accentués par le bustier ajusté. Au même instant, une délicate roseur envahit la gorge à la peau claire.

Une sensation brûlante et explosive le parcourut. La reine Jade la ressentait, elle aussi, cette alchimie qui frémissait puissamment entre eux ?

Leo inclina la tête d'un geste moqueur, puis la regarda droit dans les yeux.

Quel que soit le jeu qu'elle avait choisi, il était partant.

— Peu importe l'attente, aussi longue fût-elle, du moment que le résultat est aussi réussi, Majesté.

Sur ces paroles, il lui prit la main et la porta à ses lèvres. Jade frissonna.

— Nous y allons ? proposa-t-il.

— Mais bien sûr.

Elle paraissait un peu moins sûre d'elle, tout à coup, remarqua Leo avec un sentiment de triomphe.

Glissant son bras mince sous le sien, il l'attira contre lui avant de s'avancer vers la salle de banquet. Mais lorsqu'ils arrivèrent sur le seuil, le sentiment de triomphe s'évanouit, remplacé par une tension incontrôlable.

Des couronnes de houx ornées de rubans dorés étaient suspendues aux moulures, des bougies brûlaient dans les candélabres, conférant à l'ensemble une atmosphère festive de saison.

— Quelque chose ne va pas ? demanda Jade en tournant la tête vers lui.

— Pas du tout, affirma-t-il, désagréablement surpris qu'elle ait perçu sa légère hésitation.

Mais en voyant qu'elle s'empressait de dégager son bras dès qu'ils eurent atteint la table d'honneur, il retint un sourire et renvoya d'un geste le valet posté derrière la chaise de la reine pour tirer lui-même la chaise.

Lorsqu'elle posa son ravissant postérieur sur le coussin de velours pourpre, un parfum inconnu lui caressa les narines, mélange hespéridé de jasmin et de fleur d'oranger épicé de musc et d'ambre. Il était plus frais et plus sensuel que les effluves vanillés qu'elle portait d'habitude.

Il s'assit à côté d'elle et se pencha pour lui murmurer à l'oreille :

— Je vous préviens, Majesté. Cette longue attente a décuplé mon appétit.

Elle tourna les yeux vers lui, l'air surpris mais pas choqué le moins du monde. Quant au rose colorant ses pommettes, il eut pour effet de redoubler l'émoi qui avait pris possession de Leo.

Se concentrer sur la belle bouche pulpeuse n'était pas non plus une bonne idée. Aussi se redressa-t-il, troublé par l'intensité de ses propres réactions.

— Je ne voudrais pas qu'il y ait de malentendus, décréta-t-elle avec hauteur. Je ne suis pas au menu.

— Si vous le dites, Majesté ! Je considère toutefois de mon devoir de vous faire changer d'avis.

Elle écarquilla les yeux, puis fronça les sourcils.

— Je vous souhaite bonne chance, Leo.

La dernière digue se rompit en lui. Il laissa échapper un rire lent et rauque, et soutint son regard sans ciller.

Bonne chance à vous aussi, Majesté.

Vous en aurez besoin…

2.

— Je crois que vous me devez la première danse, Majesté. Nous passons dans la salle de bal ?

Leo s'inclina avec respect, mais Juno ne fut pas dupe. L'accent colorant sa voix virile et la lueur de défi éclairant ses yeux bleus tenaient un tout autre langage.

Qu'est-ce qui lui avait pris de le provoquer ainsi ? Quel tsunami avait-elle enclenché ? Elle ne savait pas vraiment de quelle nature était cette chose qui palpitait entre eux, mais c'était aussi dangereux qu'inattendu. Et follement excitant.

Leo lui offrant son bras, elle posa les doigts sur la manche rouge et or et frémit en sentant les muscles se tendre. Ils s'avancèrent côte à côte vers la double porte avant de quitter la salle de banquet sous les applaudissements des invités et d'entrer dans la salle de bal.

Leo est un abruti. Leo est un abruti.

Si elle se le répétait sans trêve, elle s'en souviendrait peut-être.

Parce qu'au cours du dîner, elle avait eu une fâcheuse tendance à l'oublier. Chaque fois qu'il lui souriait, chaque fois qu'il lui offrait une bouchée de son assiette pour lui faire goûter un mets ou un autre, chaque fois qu'il murmurait une remarque drôle et pertinente, Juno sentait son cœur battre la chamade et une chaleur incontrôlable se répandre entre ses cuisses.

Leo avait beau être un abruti, c'était un abruti super viril et super sexy ! Et maintenant qu'il lui consacrait toute son attention – comme elle l'avait si ardemment désiré autrefois –, elle avait un mal fou à ne pas succomber à son charme.

Quand ils furent arrivés au centre de l'immense pièce au parquet satiné, les couples attendant qu'ils ouvrent le bal pour s'élancer à leur tour, Leo se plaça devant elle, magnifique dans son uniforme d'apparat, la poitrine bardée de médailles, les épaules si larges et si puissantes que Juno ne vit plus que lui. Il enlaça ses doigts aux siens tandis que l'orchestre de trente musiciens jouait les premières notes d'une valse viennoise, puis lui passa l'autre bras autour de la taille et l'attira contre lui.

Une myriade de sensations exquises se propagea en elle au contact de la grande main chaude posée sur ses reins, juste au-dessus du décolleté vertigineux de la robe qu'elle avait pris tout son temps pour enfiler dans le but de le faire attendre. Et de l'agacer au maximum.

Alors que Jade partait vivre sa vie à New York, Juno s'était donné pour mission de faire réfléchir Leo sur les prétendus avantages d'une « union stratégique » avec la reine de Monrova. Elle s'était dit que ce serait ultra-facile, vu que, huit ans plus tôt, elle n'avait eu aucun mal à l'exaspérer.

Mais pas ce soir…

Ce soir, à chaque fois qu'elle faisait une remarque subtile, ou plus ou moins subtile, destinée à l'irriter, elle ne réussissait qu'à l'amuser. Et à le rendre plus attentif encore.

Or l'attitude de Leo lui était néfaste et ne faisait qu'encourager l'impulsivité qui avait toujours causé sa perte.

Dès qu'elle l'avait aperçu en tenue d'apparat, elle n'avait pu détacher les yeux de ses cheveux noirs aux reflets bleutés, de la fossette au milieu du menton qui lui donnait envie d'y passer la langue, l'excitation s'était emparée de Juno. Et n'avait cessé de croître depuis.

En dépit de son uniforme de cérémonie et de sa courtoisie moqueuse, il avait réussi à miner le pouvoir qu'elle pensait exercer sur lui.

Aucun homme ne s'était encore jamais montré aussi observateur, aussi attentif vis-à-vis d'elle. Aucun ne s'était adressé à elle avec un tel respect, ne l'avait écoutée avec cet intérêt sincère, ni n'avait goûté son sens de la repartie. Aucun homme n'avait apprécié sa compagnie comme Leo semblait le faire.

Résultat, elle se sentait complètement désarmée, ce qui n'était pas du tout son but initial.

Et maintenant qu'ils valsaient au milieu des autres couples de danseurs, Juno fut forcée d'admettre que ses propres réactions échappaient désormais à son contrôle. Les effluves épicés l'enivraient, le cèdre, la coriandre et la bergamote fusionnant en un mélange poivré auquel la lavande apportait une note de fraîcheur.

Son ventre palpitait, ainsi que toutes les parties de son corps qui se trouvaient en contact avec celui, chaud et musclé, de Leo.

Lorsque la valse s'acheva, il s'immobilisa brusquement au milieu de la piste et pencha la tête.

— Allons-nous-en, lui murmura-t-il à l'oreille, la faisant frissonner tout entière. Et trouvons-nous un coin tranquille pour discuter de nos projets d'avenir.

— Nous... Nous ne pouvons pas abandonner les invités, protesta faiblement Juno. Je suis leur hôtesse, et à ce titre je suis censée rester jusqu'à la fin du bal.

Il la gratifia du sourire sexy qui eut pour effet de saper toutes ses défenses.

— Vous croyez ? Vous allez jouer la carte du protocole après m'avoir infligé une heure de retard, suivie de plus de deux heures de banquet et de discours interminables assénés par votre secrétaire d'État ?

— Je... Oui... Notre départ laisserait une impression fâcheuse.

— Jade...

Son souffle chaud lui caressa le cou. Juno sentit les

regards curieux dardés sur eux, entendit des murmures plus ou moins choqués. Leo se donnait en spectacle, l'obligeant à participer, et, au lieu d'en être indignée ou fâchée, elle se sentait encore plus excitée.

— Nous avons tant de choses à discuter ! poursuivit-il. Et tout le monde trouvera très romantique que je vous enlève après une seule danse.

— Mais la situation n'a rien de romantique, chuchota-t-elle, envoûtée par l'éclat des yeux bleus et la chaleur qui se répandait en elle.

— En effet, acquiesça-t-il. Mais cela ne nous empêche pas d'en donner l'illusion.

Comme pour illustrer ses paroles, il lui prit la main et la porta à ses lèvres.

Des sensations divines fusèrent dans son bras, son buste, son ventre, jusqu'au lieu secret où elle brûlait pour lui. Un gémissement lui échappa, ce qui eut pour effet de faire rire Leo.

Juno dégagea sa main d'un geste brusque, soudain horrifiée à la pensée que tous les regards devaient être dardés sur eux.

— Vous n'oserez pas, murmura-t-elle avant de pouvoir s'en empêcher.

— Ah oui, vous croyez ?

Lui reprenant la main, il l'entraîna parmi la foule. L'orchestre s'était arrêté et les invités s'écartaient pour les laisser passer. C'était de la folie pure, mais une folie qui avait le goût délicieux de l'interdit. Comme autrefois, lorsqu'elle s'était introduite en douce dans un autre bal pour embrasser Leo et voir comment il réagirait.

— Attendez…

Juno s'immobilisa, le forçant à faire de même.

— Pouvons-nous discuter là-bas ? demanda-t-elle en tournant les yeux vers la porte-fenêtre du grand balcon qui surplombait la vallée enneigée.

C'était sur ce même balcon qu'elle lui avait sauté au cou naguère. Avant d'être repoussée sans ménagement.

Décidément, elle perdait la tête. Mais elle le devait à l'adolescente de seize ans qu'elle avait été. Si Leo l'embrassait, ce serait là, sur le balcon où il l'avait repoussée autrefois.

— Dehors ? répliqua-t-il en fronçant les sourcils. C'est de la folie. Vous serez gelée.

— Vous saurez peut-être comment me réchauffer, répliqua Juno, sidérée par sa propre audace.

— Naturellement, acquiesça-t-il en resserrant les doigts autour des siens.

Mais à l'instant où ils s'avançaient vers la porte-fenêtre, le chef de cabinet de Jade apparut devant eux.

— Majestés…, commença-t-il en s'inclinant profondément.

Zut, impossible de se rappeler son nom… Jade lui avait expliqué en détail qui était qui, quels étaient les fonctions et le statut de chacun et de chacune, mais…

— Oui, Garland ? Qu'y a-t-il ? demanda Leo sans dissimuler son impatience.

— Vous souhaitez peut-être vous isoler dans l'ancien bureau du roi Andreas afin que nous puissions discuter du dernier accord commercial…

Comment cela ? Quel accord commercial ? Jade n'avait fait allusion à aucun accord devant être négocié ce soir…

— La reine Jade et moi-même souhaitons nous entretenir en tête à tête de notre accord commercial, déclara Leo.

— Mais, Majestés…, répliqua Garland en haussant les sourcils, les conseillers sont prêts à…

— Nous n'avons pas besoin de nos conseillers pour prendre une décision, Garland, l'interrompit Leo d'un ton autoritaire.

Cette fois, le malheureux chef de cabinet s'inclina sans dire un mot, puis se détourna pour s'en aller.

— Attendez, prenez ceci et confiez-le à mon valet.

Lâchant Juno, Leo souleva l'épée d'apparat et fit passer le

fourreau par-dessus sa tête. Puis il tendit le tout au dénommé Garland qui les prit en silence.

Ensuite, Leo commença à déboutonner sa veste d'uniforme…

— Leo ? Qu'est-ce que vous faites ? murmura Juno.

À son grand étonnement, il l'ôta et lui en enveloppa les épaules. La lourde étoffe avait conservé sa chaleur virile, les effluves mâles et épicés… Et la veste lui arrivait aux genoux.

Derrière eux, Juno entendit des murmures approbateurs et des soupirs féminins… De son côté, elle ne put s'empêcher d'admirer et d'apprécier le geste chevaleresque de Leo.

— Allons-y, dit-il en lui reprenant la main avant de se diriger vers la large porte-fenêtre.

Il saisit la poignée de cristal et ouvrit les deux battants, avant de se tourner vers Juno et d'incliner la tête d'un geste franchement moqueur.

— Après vous, Majesté. Notre sanctuaire privé nous attend.

L'air froid rafraîchit ses joues brûlantes. Les souvenirs la submergèrent, lui nouant la gorge. Et lorsqu'elle s'avança sur le balcon, une part de l'adolescente rebelle mais encore innocente qu'elle était jadis s'avança avec elle.

Juno avait la poitrine si serrée qu'elle avait du mal à respirer.

Détends-toi. Tu n'es plus la gamine d'autrefois.

Et puis, il ne s'agissait pas de romantisme. Leo souhaitait conclure une union politique et sans doute coucher avec elle. Ou plus exactement avec Jade.

Étrangement, Juno ne parvint pas à se raccrocher à son cynisme habituel. La sensation d'oppression s'accrut, lui coupant le souffle.

Leo s'arrêta derrière elle et posa les mains sur ses épaules. La porte-fenêtre se referma dans un bruit mat. Elle était seule avec lui dans la nuit silencieuse ; son pouls battait à un rythme frénétique.

Il enfouit le visage dans ses cheveux et murmura :

— Votre nouveau parfum me rend fou. Il me rappelle l'été.

— Je l'ai choisi pour vous tourmenter…

Juno avait commencé à le porter huit ans plus tôt, décidée à lui montrer qu'elle n'était plus une enfant mais une femme. Cela n'avait hélas pas produit le résultat escompté.

— Eh bien, c'est réussi ! La vanille vous va moins bien.

Durant la longue conversation qui avait précédé son départ, Jade lui avait recommandé de se méfier de Leo parce qu'il était très observateur.

Elle ferait bien de s'en souvenir. Parce qu'il était hors de question qu'il découvre la supercherie.

Mais lorsque Leo lui prit la main et l'entraîna à l'extrémité du balcon recouvert de neige, à l'abri des regards curieux, Juno oublia toute prudence.

Il se retourna vers elle, la dominant de toute sa hauteur, puis effleura ses lèvres du pouce.

— Comment ai-je fait pour ne pas remarquer plus tôt combien vous êtes ravissante ? murmura-t-il.

Un mélange de panique et d'exultation envahit Juno tandis que le regard de Leo passait sur son diadème, avant de descendre lentement sur sa bouche.

Elle frissonna.

Voyait-il sa sœur, à cet instant ? Ou elle, Juno… ?

— Et comment faites-vous maintenant pour ne pas geler sur place ? répliqua-t-elle d'un ton faussement enjoué.

— Ma bonne circulation sanguine me permet de résister au froid ! répondit-il dans un éclat de rire.

Il prit son visage à deux mains et lui renversa la tête en arrière.

— Et cette attente interminable m'a échauffé l'imagination… et les sens.

La belle bouche sensuelle se rapprocha de celle de Juno, les lèvres fermes s'arrêtèrent à quelques millimètres de la sienne.

— Embrassez-moi, Jade.

Toute pensée déserta son esprit, et une plainte lui échappa en même temps qu'elle lui offrait sa bouche.

Leo glissa les doigts dans les cheveux soyeux sans se soucier de déranger la coiffure sophistiquée, les referma sur la nuque chaude et douce, et prit possession de sa bouche. Enfin…

Il la sentit fondre contre lui, et le désir qui le consumait en fut exacerbé. Le goût divin de cette femme mettait sa libido au supplice. La proximité de son corps superbe l'avait obsédé toute la soirée et il n'y avait qu'un moyen de rompre cet enchantement.

Les doigts fins se posèrent sur sa taille, tandis qu'il approfondissait le baiser et laissait échapper une plainte. Ses mains glissèrent d'elles-mêmes sur le dos mince avant de se refermer sur les hanches fermes et rondes. Il attira le corps souple contre lui, se repaissant de sa chaleur de femme.

Sa langue enlaça la sienne tandis qu'il l'entraînait dans un ballet d'un érotisme torride. Il remonta une main et caressa la pointe durcie d'un sein à travers la soie. Jade haleta contre sa bouche, les reins creusés pour mieux s'offrir à ses caresses.

Leo descendit le bustier sur sa poitrine, pencha la tête et prit un mamelon gonflé entre ses lèvres, grisé par le parfum qui émanait du corps abandonné contre le sien. Il l'aspira doucement, en agaçant la pointe avec sa langue, tandis que Jade se mettait à trembler dans ses bras. Enhardi par cette réaction, il laissa glisser sa main là où il savait que Jade brûlait de la sentir. Elle laissa échapper un son délicieux, entre halètement et sanglot. Le désir qui le submergea alors fut si intense, si absolu, que Leo tressaillit.

Écartant la bouche de son sein, il prit Jade par les hanches.

À présent, il ne s'agissait plus d'obsession ni de tentation. Mais de possession. Il lui fallait *posséder* cette femme.

Ils se trouvaient sur un balcon, dans la neige, bon sang !

Le regard rivé au sien, le souffle court, il remonta le bustier sur ses seins.

Que venait-il de se passer, exactement ?

Il avait prévu de la séduire, d'user de son charme légendaire pour l'amener à accepter de l'épouser – ou au moins d'en discuter. Or, cette alchimie immédiate, primaire, cette faim aussi sombre qu'impérieuse, n'avaient rien à voir avec une opération de charme ou de séduction.

C'était autre chose. Un phénomène inconnu qu'il n'était pas certain de pouvoir contrôler.

Jade recula, et il laissa retomber ses bras. Le désir n'assombrissait plus les magnifiques yeux verts. Leo y discerna de la méfiance et de l'embarras.

— Nous avons commis une erreur…, dit-elle en resserrant les pans de *sa* veste sur son buste.

— Pourquoi ? répliqua-t-il, bien qu'il soit en partie d'accord avec elle.

Le goût de cette femme avait été bien réel et jouissif. Durant cette trop brève étreinte, les avantages d'une union économique et politique avaient complètement déserté son esprit. Seul comptait l'abandon dont Jade faisait preuve dans ses bras.

Renoncer au désir incontrôlable qui l'habitait lui coûtait un effort surhumain. Leo aurait de loin préféré l'attirer contre lui et aller jusqu'au bout…

Pourquoi le nier ? L'alchimie qui palpitait entre eux ne constituait pas un obstacle mais un atout considérable, au contraire.

Il lui souleva le menton.

— Tu te rends compte que le désir que nous éprouvons l'un pour l'autre rendra notre mariage plus profitable encore, n'est-ce pas ?

Une lueur affolée traversa le regard de Jade.

— Je suis fatiguée. Je… Je vais aller me coucher.

Pardon ? Le bal venait à peine de commencer, et ils n'avaient même pas abordé la question du mariage.

Leo se força à dominer son impatience. Avec ses joues rose vif et son regard inquiet, elle paraissait plus jeune, tout à coup. Une impression de déjà-vu le traversa, et il eut soudain l'impression de s'être déjà trouvé là autrefois, avec elle.

C'était absurde.

— Comme tu voudras, dit-il en enfonçant les mains dans ses poches.

Pour ne pas risquer de l'enlacer à nouveau et de reprendre les choses là où ils les avaient laissées.

Jade était vierge, il ne devait pas l'oublier. Ce qui venait de se passer les avait choqués tous les deux, mais elle encore plus que lui.

— Nous parlerons de l'avenir demain, poursuivit-il.

Lorsqu'ils seraient calmés et capables d'entretenir une conversation sérieuse.

— Oui… Merci.

Son soulagement visible le fit sourire.

Elle serait à lui. Il suffisait d'attendre.

— Je… À demain, reprit-elle. À quelle heure comptes-tu partir ?

Leo la dévisagea un instant en fronçant les sourcils. Ne connaissait-elle pas le programme de sa visite ?

— À midi.

— Très bien, acquiesça-t-elle avant de passer à côté de lui.

Se retournant, il la regarda descendre les marches reliant le balcon au rez-de-chaussée, avant de disparaître… avec sa veste.

Jusqu'à ce soir, il n'avait considéré que les avantages politiques et économiques de leur mariage, mais il venait de découvrir que leur union en comporterait d'autres, des plus délectables.

Jade était nerveuse. Mais cela n'avait rien d'étonnant, après tout. Au cours de leurs précédentes rencontres, aucune étincelle n'avait jamais jailli entre eux. Ils s'étaient entretenus plaisamment, voire amicalement, mais sans ressentir ni l'un ni l'autre la moindre attirance charnelle.

Cependant, l'intensité du désir qu'il éprouvait maintenant pour elle l'avait aveuglé, reconnut Leo. Par conséquent, il lui fallait recouvrer son sang-froid avant d'aller plus loin dans son projet de mariage.

Au lieu de regagner la salle de bal, il descendit à son tour les marches et emprunta l'entrée dérobée par laquelle Jade avait disparu.

La bienséance aurait voulu qu'il rejoigne les invités. Mais sous ses dehors chevaleresques, Leo était un homme réaliste.

Si ni la reine de Monrova ni lui ne retournaient au bal, les rumeurs iraient bon train.

Et ces rumeurs, il saurait les exploiter à son profit.

3.

Juno se réveilla dans la douceur des draps de coton fin, contempla le superbe mobilier ancien, les lourds rideaux de velours bleu clair, et se demanda si elle rêvait.

Soudain, son regard s'arrêta sur la veste d'uniforme rouge et or entourant le dossier d'un fauteuil. Aussitôt, le souvenir des lèvres chaudes titillant son mamelon lui revint à la mémoire, lui arrachant un violent frisson.

Monrova. Jade. L'échange. Le Bal d'hiver.

Leo !

Elle posa la main sur ses lèvres et tressaillit. Le roi de Severene était un as du baiser… Elle avait attendu huit ans, mais cela en valait la peine.

Et il n'y avait pas eu que cela. Juno se rappela la main s'appuyant là, entre ses cuisses, la chaleur qui avait déferlé en elle…

Des coups légers frappés à la porte la firent sursauter, comme si elle était prise en flagrant délit de divagation érotique.

— C'est Serena, Majesté. Et Jennifer. Vous êtes réveillée ?

Serena ? Jennifer ? Ah, oui, l'assistante personnelle et la femme de chambre de sa sœur !

— Oui. Accordez-moi une minute, dit-elle en se levant.

Elle souleva le portable de Jade posé sur la coiffeuse en bois de rose. Midi passé. Leo et sa suite devaient être partis.

Un étrange mélange de soulagement et de déception l'envahit. C'était mieux ainsi, se raisonna-t-elle. De toute façon, dès qu'il l'avait informée de l'heure de son départ, elle avait décidé d'éviter à tout prix de le revoir.

Leo était un homme dangereux. En plus d'être observateur, il détenait le pouvoir de la déstabiliser complètement. Il avait suffi d'un baiser pour qu'elle s'abandonne dans ses bras. Son corps avait cessé de lui appartenir. Or elle ne pouvait se permettre de répéter cette erreur.

Après avoir enfilé un peignoir de soie couleur ivoire, Juno rassembla ses cheveux en un chignon lâche, de sorte que ses visiteuses ne remarquent pas qu'ils étaient un peu plus courts que ceux de Jade. Puis elle redressa les épaules et s'efforça de calmer les battements désordonnés de son cœur. Mais en plus des effets dévastateurs de l'intermède torride du balcon, elle se ressentait encore du décalage horaire ; à l'inverse de sa jumelle, elle n'avait jamais été du matin.

— Vous pouvez entrer, Serena !

L'assistante personnelle de Jade, âgée d'une quarantaine d'années, s'avança rapidement dans la chambre, l'air stressé, suivi d'une femme plus jeune portant un grand plateau.

Le petit déjeuner. Avec du café, Dieu soit loué !

— Vous allez bien, Majesté ? s'enquit Serena, les bras chargés des journaux du matin.

De son côté, Jennifer déposa le plateau sur une petite table installée devant la fenêtre, avant d'ouvrir les rideaux.

— J'ai jugé préférable de demander au médecin du palais de passer vous voir.

— Je vais très bien, Serena. Dites-lui de ne pas se déranger.

Juno prit une tranche de pain grillé et y étala une bonne couche de beurre.

— Excusez-moi, j'ai dormi comme une marmotte. La soirée a été…

Qu'avait-elle été, au juste ? Stupéfiante ? Terrifiante ? Dangereusement excitante ?

— … assez fatigante, enchaîna-t-elle en s'installant confortablement dans le fauteuil.

Elle s'empara de la tasse de café que Jennifer venait de lui servir.

— Merci, Jennifer, vous me sauvez la vie !

Après avoir humé le délicieux arôme, Juno en but une gorgée et sourit.

— Il est parfait.

— Merci, Majesté. Voulez-vous que j'y ajoute la crème et le sucre maintenant ?

Juno reposa la tasse sur le plateau.

Oups…

— Mais oui, bien sûr.

Elle avait oublié que Jade était plus sucré que salé.

Atterrée, elle regarda la femme de chambre verser une quantité industrielle de crème et de sucre dans son café.

Affichant un sourire satisfait, Juno porta néanmoins la tasse à ses lèvres et se força à avaler une gorgée du liquide sirupeux.

— Exactement comme je l'aime. Merci, Jennifer.

Comment sa sœur pouvait-elle avaler cette purge ?

Serena, qui s'était éloignée pour téléphoner, mit fin à l'appel et glissa son portable dans la poche de sa veste.

— J'ai annulé le rendez-vous, Majesté. Vous êtes sûre que vous allez bien ? insista-t-elle en plissant le front.

— Oui, ne vous inquiétez pas, Serena.

Il était hors de question qu'elle soit examinée par le médecin du palais. Elle et Jade étaient de vraies jumelles, mais elle avait une petite cicatrice sur le genou – et une licorne sur la hanche. Elle se l'était fait tatouer pour ses dix-huit ans, un mois après la mort de sa mère, et le lendemain du jour où leur appartement de Central Park avait été saisi.

À l'époque, cela avait été pour elle un geste de survie. La promesse de s'en sortir. S'il était vu par quiconque à présent, ce tatouage attesterait de son imposture.

— Très bien, Majesté, répliqua Serena, l'air toujours

aussi stressé. Le roi sera ravi. Puis-je lui annoncer que vous descendrez dans une vingtaine de minutes ?

Juno faillit lâcher sa tasse.

— Pardon ?

Leo était encore au palais ?

Un véritable incendie se déploya en elle, impossible à endiguer.

— Je suis désolée de vous brusquer, Majesté. Mais il a vraiment beaucoup insisté. J'ai cru comprendre qu'il s'était enquis de votre emploi du temps auprès du major Garland parce qu'il voudrait discuter d'un changement important, suite aux événements d'hier soir, au bal.

Les événements d'hier soir ? Une chaleur infernale se propagea dans tout son corps au souvenir des lèvres de Leo sur son sein, si fermes, si pressantes…

Serena étala les journaux sur la table.

— Les réactions sont majoritairement positives, savez-vous ? Tous semblent se réjouir de votre romance.

Juno baissa les yeux sur les gros titres en battant des cils.

Échec et mat : le Roi a-t-il fini par prendre sa Reine ?

Idylle royale à Monrova – les rumeurs enfin confirmées !

Pour le Roi et la Reine, le bal aura duré toute la nuit…

Chaque titre était accompagné de photos plus éloquentes les unes que les autres. On les voyait flirter durant le banquet, danser beaucoup trop étroitement enlacés… Mais le pire, c'étaient celles prises sur le balcon, sous divers angles. Noyée dans la veste de Leo, Juno avait l'air d'une petite fille découvrant ses cadeaux de Noël.

Comment avait-elle pu salir la réputation de Monrova en l'espace d'une nuit ?

Depuis le jour où son père avait clairement montré que la monarchie comptait davantage pour lui que sa propre fille, elle ne se souciait pas le moins du monde de la réputation de ladite monarchie.

Mais aujourd'hui, Juno ne s'en fichait plus du tout, parce que salir la réputation de la monarchie équivalait à salir du même coup celle de sa sœur. Elle avait tout gâché. Une fois de plus. Et c'était Jade qui en payerait le prix.

— J'aurais dû vous féliciter, Majesté, poursuivit Serena en souriant. Je ne me rendais pas compte que les négociations étaient aussi avancées. Vous formez un si beau couple ! Je me demande comment j'ai pu ne pas m'en apercevoir plus tôt. Lorsque vous aurez fixé une date, tous seront fous de joie.

Juno frappa le journal du plat de la main.

— Je vois, dit-elle, la voix rauque.

La veille au soir, elle n'avait donné son accord sur *rien* du tout. Et maintenant, elle allait devoir trouver un moyen de se sortir de cet imbroglio, sans que quiconque réalise qu'en vérité elle n'était pas la reine de Monrova.

— Il faut vraiment que vous vous prépariez, Majesté.

Le sourire béat disparut tandis que Serena ressortait son portable d'un mouvement rapide.

— J'ai promis à Sa Majesté qu'il n'aurait pas à attendre trop longtemps. C'est un homme énergique et déterminé, n'est-ce pas ?

Oui, on pouvait dire cela…

Juno repoussa le plateau. Elle avait perdu tout appétit. Elle ne voulait absolument pas revoir Leo. Ça aurait été trop risqué. Face à lui, elle perdait tout contrôle sur ses propres réactions. Mais à en juger par l'expression de Serena, elle n'avait pas le choix.

— Entendu. Pouvez-vous lui dire que je le rejoindrai dès que possible ?

Sur ces mots, elle se dirigea vers la salle de bains en espérant trouver une idée de génie susceptible de justifier son comportement scandaleux de la veille au soir, et un moyen de gérer les rumeurs concernant leur prétendue idylle. Et, plus important encore, un remède efficace lui permettant de résister à la désastreuse propension de Leo à lui faire tout oublier – hormis la séduisante promesse de voluptés inconnues.

— Sa Majesté, la reine Jade de Monrova…

Debout devant la fenêtre ouvrant sur le paysage immaculé qu'il contemplait depuis plus d'une heure, Leo tourna la tête au moment où Jade entrait dans la pièce accompagnée de son assistante personnelle.

En jean de créateur et pull en cachemire, les cheveux rassemblés en chignon strict sur la nuque, elle aurait dû avoir l'air élégante et modeste. C'était l'impression qu'elle lui avait donnée lors de leur récente rencontre, un mois plus tôt. Mais lorsqu'elle s'avança vers lui, le regard de Leo fut attiré par le jean skinny et le pull gris perle qui soulignaient ses formes ravissantes. Ses doigts le démangeaient de libérer la chevelure soyeuse de ce chignon bien trop sévère à son goût. Autrefois, cela lui allait, mais plus maintenant.

— Je suis désolée de vous avoir fait attendre aussi longtemps, Majesté, dit-elle en se fendant d'un sourire poli.

Majesté ? Il n'avait plus droit à Leo ?

Ainsi, elle comptait faire comme si rien ne s'était passé la veille…

Il prit la main tendue et la porta à ses lèvres. Le sourire de Jade disparut.

— Cela semble devenir une habitude, Jade, répliqua-t-il en la regardant droit dans les yeux.

Lorsqu'il lui lâcha la main, elle se la passa sur la cuisse, sans doute pour tenter d'effacer la sensation provoquée par la caresse de ses lèvres. Il sourit, content de voir qu'elle était aussi incapable que lui de contrôler cette alchimie.

— Je ne me suis pas réveillée, rétorqua-t-elle en redressant le menton.

Le feu qui avait jailli la veille couvait sous la glace, songea

Leo, amusé. Cette femme était tout sauf froide. Comment avait-il pu ne pas le deviner plus tôt ?

— Mais cela n'aurait pas dû vous empêcher de partir…

Elle redressa le menton d'un cran avant d'ajouter :

— Majesté.

Malheureusement pour elle, l'avantage était de son côté et il comptait bien en profiter. Interprétant leur départ du bal de la façon qu'il espérait, les médias s'étaient répandus en commentaires plus ou moins subtils sur le fait que lui et Jade n'avaient pas attendu d'être mariés pour consommer leur union.

Et il n'entendait pas les détromper. D'autant qu'ils avaient bien failli passer la nuit ensemble…

Pendant qu'elle se prélassait au lit – Leo refoula l'image de son corps nu et offert allongé sur des draps de soie pourpre –, il s'était entretenu avec le chef de cabinet de Jade, l'obséquieux major Garland, lequel s'était révélé tout à fait disposé à faciliter leur mariage parce que tel était le souhait du défunt père de la reine.

Leo ne l'aimait pas. Trop empressé, il avait des avis sur tout, était très vieille école et toujours prêt à piétiner les souhaits de la reine quand il estimait que cela correspondait aux vues de feu le roi. Garland lui rappelait les conseillers de son propre père, qu'il s'était empressé de congédier dès son accession au trône.

Un goût de bile lui monta aux lèvres au souvenir de la cravache de son père lui cinglant le postérieur.

Garland n'était peut-être pas aussi mauvais que ces salauds qui avaient fermé les yeux sur les châtiments corporels dont il était la victime, mais il sortait du même moule. Cependant, son soutien lui était utile dans l'immédiat.

— J'ai naturellement retardé mon départ, Jade.

Quand elle tressaillit en s'entendant de nouveau appeler par son prénom, Leo retint un gloussement.

Il avait goûté à cette belle bouche. L'avait dévorée tandis

qu'elle gémissait de plaisir contre ses lèvres. Croyait-elle vraiment pouvoir feindre que rien ne s'était passé ?

— Nous avons tant de choses à discuter concernant nos noces imminentes, enchaîna Leo.

Elle le dévisagea en silence, l'air confus.

— Mais… nous ne nous sommes mis d'accord sur rien, dit-elle enfin.

— La presse ne semble pas partager votre avis, après ce qui s'est passé hier soir.

— Mais rien ne s'est passé, hier soir, répliqua-t-elle, les pommettes rose vif.

— Ah ? fit-il en haussant un sourcil. Il ne s'est *rien* passé ?

Lentement, il laissa descendre son regard sur les seins ronds et fermes.

Elle le toisa, les lèvres pincées.

— Pas grand-chose, rectifia-t-elle.

— Quoi qu'il en soit, je crois que le plus judicieux serait de miser sur la publicité positive qui en a résulté et de profiter de cette occasion pour préciser et approfondir notre relation.

— Notre… relation ? répéta-t-elle en écarquillant les yeux.

— Oui, notre relation, acquiesça Leo en lui prenant la main.

Doucement, il en caressa le dos, pour apaiser Jade, mais aussi pour revendiquer son droit sur elle.

Elle était jeune. Et inexpérimentée. Elle excellait en diplomatie mais ne connaissait rien aux hommes.

— J'ai parlé avec le major Garland et proposé une visite officielle à Severene la semaine prochaine. Tous les protocoles habituels seront respectés et vous aurez ainsi l'opportunité de vous présenter au peuple.

De son côté, il aurait tout le loisir de lui faire comprendre que leur mariage comporterait des avantages qu'elle ne soupçonnait pas.

— Je ne peux pas, dit-elle en dégageant sa main.

Elle la glissa dans la poche arrière de son jean, le geste faisant ressortir le galbe de ses seins.

— Pourquoi ?

— Parce que je suis trop occupée, en cette période de Noël. J'ai des tas de choses à faire. Des obligations officielles.

— Au contraire, Majesté, intervint Garland en s'avançant d'un pas. Il n'y a rien qui ne puisse être reporté ou réorganisé.

Une lueur paniquée traversa les yeux verts.

— En êtes-vous certain, major ?

— Absolument. En fait, j'ai pris la liberté de déplacer certains événements. Suite à notre récente discussion sur Severene – et le désir ardent du roi Andreas de voir se concrétiser une union avec son souverain –, je me suis cru autorisé à penser que vous verriez d'un œil favorable la proposition de Sa Majesté ici présente.

— Mais c'est Noël ! insista-t-elle, l'air maintenant aussi exaspéré que paniqué. Je dois être ici, avec *mon* peuple, pas celui de Leo. Je ne…

— Vous serez rentrée à temps pour fêter Noël à Monrova, l'interrompit Leo, stupidement ravi de s'entendre appeler par le diminutif de son prénom. Le major Garland et moi avons prévu une visite de sept jours, avec pour point culminant le Bal de Noël de Severene qui a lieu le 18, et dont vous serez l'invitée d'honneur, cela va sans dire. Vous repartirez à Monrova dès le lendemain.

— Mais…, commença-t-elle à nouveau.

De toute évidence, elle cherchait un prétexte, n'importe lequel, pour refuser son invitation.

Au lieu d'être blessé par sa réticence à passer une semaine avec lui, Leo trouva sa nervosité aussi fascinante que la veille.

Car la réticence de Jade ne concernait pas la visite officielle. Elle savait gérer ce genre d'événements à la perfection. Par conséquent, il s'agissait de lui et de l'attirance qu'ils éprouvaient l'un pour l'autre.

— Mais je n'ai pas donné mon accord.

— Majesté, intervint de nouveau l'obséquieux chef de cabinet. Comme vous le savez, votre père était très…

— Assez ! l'interrompit Leo.

Un éclair traversa les yeux de Jade. Il l'interpréta comme un refus, mais aussi un signe de détresse.

— Je désire m'entretenir avec la reine en privé, reprit-il à l'adresse de ses propres conseillers.

Ils quittèrent aussitôt la pièce.

— Laissez-nous, Garland, ajouta Leo.

— Comme vous voudrez, Majesté, dit le major en s'inclinant.

Leo se tourna vers l'assistante personnelle de Jade mais sans parvenir à se rappeler son nom.

— Jenkins, Majesté, dit-elle à la hâte. Serena Jenkins.

Mais au lieu de s'éclipser à son tour, elle se tourna vers Jade.

— Voyez-vous un inconvénient à vous entretenir en privé avec le roi Leonardo, Majesté ?

— Je… Non, je ne crois pas, répondit Jade en battant des cils.

Que se passait-il ? s'interrogea Leo qui l'observait avec attention. Ses rapports avec son père n'avaient peut-être pas été aussi simples qu'il l'avait pensé.

— Cela ne peut pas empirer la situation, j'imagine, ajouta-t-elle.

Il ne put retenir un sourire.

Jenkins s'inclina, puis disparut, les laissant seuls.

Incapable de dominer la soif qui l'avait maintenu éveillé la moitié de la nuit, Leo se rapprocha de Jade et lui posa la main sur la joue. Elle se raidit, mais ne le repoussa pas.

— Détends-toi, murmura-t-il, passant de nouveau au tutoiement. Je ne vais pas te dévorer toute crue.

Pourtant, il en mourait d'envie. Ce qui ne lui ressemblait pas du tout. Leo aimait les femmes, il aimait le sexe, mais il n'avait encore jamais été en proie à un désir aussi profond.

Il laissa retomber sa main, dérouté par cette pensée.

— Je ne veux pas de ce voyage, cette… visite officielle, dit-elle, le regard maintenant courroucé.

— Vous l'avez clairement montré, Majesté, répliqua-t-il avec ironie. Puis-je te demander pourquoi ? Garland est un imbécile prétentieux, mais il est ton chef de cabinet, et jusqu'à hier soir, vous sembliez tous les deux comprendre la valeur et les intérêts politiques de notre union.

Elle battit de nouveau des paupières, désarçonnée. Il n'avait pas eu l'intention d'être brutal avec elle, mais il ne permettrait pas qu'elle dédaigne de considérer les atouts précieux du plan élaboré avec Garland.

— Très bien… D'accord, dit-elle, l'air de nouveau confus.

Se détournant, elle s'avança vers la fenêtre et referma les bras autour de son buste.

— Je…, murmura-t-elle, la voix à peine audible. Je ne voulais pas passer une semaine à Severene, voilà tout. J'étais heureuse de ne pas avoir d'obligations officielles jusqu'à Noël.

Il la rejoignit et s'arrêta derrière elle, mais jugea prudent d'enfoncer les mains dans ses poches.

Jade ne redoutait pas de l'accompagner à Severene en visite officielle. Elle aurait été prête à se sacrifier pour le bien de son royaume. Ce qui l'effrayait, c'était la perspective de passer une semaine avec lui, à cause de l'attirance charnelle découverte la veille. Elle en était terrifiée. Aussi devait-il la rassurer et lui promettre de ne pas la brusquer.

Ce qui voulait dire qu'il lui faudrait être patient. Même si cela devait le rendre fou.

— Je veux que tu viennes à Severene avec moi, Jade, dit-il d'une voix douce. Ce séjour te permettra d'avoir un meilleur aperçu du royaume et t'offrira l'occasion de rencontrer mon peuple, qui aura ainsi le plaisir de faire ta connaissance.

Elle se retourna d'un mouvement vif, le regard troublé et inquiet.

— C'est vraiment tout ?

Incapable de s'en empêcher, il leva le bras et repoussa une petite mèche échappée du chignon sage.

— Je ne te mentirai pas, Jade, murmura-t-il. J'ai beaucoup aimé ce que nous avons partagé hier soir.

Le désir assombrit les yeux de Jade.

Il laissa retomber son bras et fourra la main dans sa poche.

Du calme. De la douceur.

Elle lui faisait penser à un pur-sang sauvage. Avec elle, il fallait user de persuasion, pas la brusquer.

— Et je veux avoir une chance de pouvoir aller plus loin, reconnut-il, ravi de voir l'adorable roseur envahir les hautes pommettes.

— Je ne…

— Beaucoup plus loin, l'interrompit-il doucement. Mais c'est toi qui décideras du rythme et du moment.

— Tu es sincère ?

— Oui, affirma Leo.

— Et si je ne suis pas à la hauteur ? demanda-t-elle. En tant que reine, je veux dire. Aux yeux de ton peuple.

Quelle drôle de remarque ! Bien sûr qu'elle serait à la hauteur ! Elle avait été élevée dans ce but depuis son plus jeune âge, comme lui. Et elle effectuait un travail exemplaire avec ses propres sujets.

— Je doute que cela pose un problème.

— Même après le scandale que j'ai provoqué hier soir ?

— Que *nous* avons provoqué, corrigea Leo. Et dont nous avons savouré tous les deux les fruits. Par conséquent, je ne m'en soucie pas le moins du monde.

— D'accord, je t'accompagnerai à Severene. Mais si la visite tourne au désastre, il ne sera plus question de mariage, d'accord ?

À l'entendre, on aurait dit qu'elle concluait un marché.

— C'est entendu. Nous n'en parlerons plus jamais.

Parce qu'il comptait bien faire en sorte qu'à l'issue de ces sept jours, leur mariage ne soit plus qu'une formalité.

4.

Comment en était-elle arrivée là ? Et comment allait-elle s'en sortir sans causer un nouveau scandale ?

Juno sortit du jet privé et s'arrêta en haut de l'escalier, étourdie par les flashs et les cris des journalistes se pressant derrière le cordon de sécurité.

Comment Jade faisait-elle pour supporter cela ?

— Quelque chose ne va pas ?

La voix grave et profonde de Leo l'apaisa, mais quand il lui posa brièvement la main sur les reins, elle sentit un courant brûlant déferler aussitôt dans les moindres cellules de son corps.

— Non, tout va bien, dit-elle en se forçant à avancer.

Il lui prit le bras et ils descendirent les marches, avant de se diriger vers les dignitaires alignés sur le tarmac. Juno leur serra la main, sourit poliment à chacun, troublée cependant par la proximité de Leo.

Après l'avoir poussée à partir avec lui, il l'avait ignorée, tandis que, de son côté, elle était littéralement bombardée d'informations et d'instructions par Serena et ses assistantes. En fait, elle n'en avait presque rien retenu, parce qu'elle ne pensait qu'à la semaine qui l'attendait. Avec Leo.

Il l'avait accueillie à l'aéroport, puis, une fois à bord du jet, il s'était entretenu avec ses conseillers jusqu'à l'atterrissage à Severene, quarante minutes plus tard. Assise en face de lui, elle en avait profité pour parcourir l'emploi du temps détaillé établi pour elle par Serena.

Comment était-elle censée se comporter lors de la visite de la vieille ville de Severene ou du concert donné dans la cathédrale ? Ou encore de l'ouverture du célèbre marché de Noël ? Elle n'était pas une reine, juste une usurpatrice.

Mais lorsque Leo fit les présentations, en la serrant contre lui, toute inquiétude disparut comme par magie. La chaleur qui irradiait du corps viril, les effluves épicés envahissaient complètement son espace personnel.

Il la présenta au dernier des dignitaires – Juno avait déjà oublié le nom de tous les autres –, puis s'avança vers la longue limousine noire qui attendait en bordure du tarmac.

Le chauffeur en uniforme s'inclina et ouvrit la portière.

Immobile, Juno contempla l'intérieur luxueux tout en cuir clair, et dont se dégageait une atmosphère terriblement intime.

D'une légère pression de la main sur ses reins, Leo lui fit comprendre qu'elle devait monter à bord du véhicule.

Impossible de refuser…

— Nous sommes attendus, dit-il avec calme. Tu sais que nous commençons par une traversée de la vieille ville en traîneau. La foule est déjà sur place.

En traîneau ? Elle avait bien compris qu'ils devaient visiter la vieille ville, mais…

— Pourquoi cette limousine, alors ? demanda-t-elle afin de gagner un peu de temps.

La grande main chaude bougea sur ses reins, la faisant frissonner tout entière.

— Pour aller jusqu'aux baraques d'où partira la procession. Aurais-tu peur d'être seule avec moi, Jade ?

— Bien sûr que non ! mentit Juno en affichant un air outragé.

La belle bouche virile se pinça légèrement. Leo n'était pas dupe, évidemment.

— Dans ce cas, montez, Majesté !

Cette fois, plus question de tergiverser.

Lorsqu'il s'assit à côté d'elle, puis que le chauffeur referma la portière, l'habitacle de cuir lui parut soudain très étroit. Le véhicule démarra en douceur, avant de longer bientôt la vallée et de s'enfoncer dans la forêt. Juno tourna les yeux vers la vitre. Elle devait à tout prix mettre au point une stratégie efficace pour dominer ses réactions vis-à-vis de Leo !

— Je trouve cela plutôt flatteur, reprit-il tandis qu'elle essayait de se concentrer sur le paysage enneigé qui défilait derrière la vitre. Mais tu n'as pas à être nerveuse lorsque tu es seule avec moi. J'ai promis de ne plus te toucher… Sauf si tu me le demandes.

— Ce n'est pas cela qui me préoccupe, mentit-elle de nouveau. Je me demande si nous avons raison de nous présenter en tant que couple. Je ne voudrais pas les décevoir si le mariage n'a pas lieu.

Le rire rauque de Leo fit naître des ondes délicieuses qui se propagèrent dans son dos, sa poitrine…

— Personne ne sera déçu, murmura-t-il.

Parce qu'il était certain que le mariage aurait lieu.

— Mais sois assurée que rien ne sera attendu de toi que tu ne fasses d'habitude dans de telles occasions, ajouta-t-il.

Lorsque Juno se retourna et croisa son regard perçant, la panique se joignit aux frissons.

« Méfie-toi. Leo est très observateur. »

— Parfait, acquiesça-t-elle d'un ton faussement détaché.

La perspective de ne pas correspondre à ce que l'on attendait d'elle ne l'inquiétait pas le moins du monde. Faire mauvaise impression lors de ce voyage pourrait même se révéler salutaire. Ce serait peut-être le seul moyen de faire renoncer Leo à cette union politique, et à ses *avantages*.

Être elle-même – mais sans trahir sa véritable identité - ne devrait pas être trop difficile, puisque c'était ce qu'elle avait fait pendant quatre ans en se construisant un profil de princesse rebelle sur les réseaux sociaux.

Elle s'était réinventée en princesse exilée, choyée et privilégiée, mais ayant suffisamment les pieds sur terre pour rester connectée avec le grand public. Et sans jamais laisser soupçonner à quel point sa vie avait été difficile. L'ambition avait le vent en poupe sur les réseaux sociaux, les micro-influenceurs encore davantage. Une jeune fille de dix-huit ans sans abri et criblée de dettes, et dont la mère était morte d'une consommation abusive et chronique d'alcool, beaucoup moins.

Après le décès de sa mère, ces activités avaient sauvé Juno. En plus de quelques petits jobs, son personnage de princesse rebelle lui garantissait des revenus réguliers, lui évitant ainsi de devoir demander de l'aide à son père. Cependant, elle avait été ravie de tourner le dos à tout cela un mois plus tôt, lorsqu'elle avait été recrutée par Byrne IT comme responsable des réseaux sociaux.

Juno en était venue à détester l'hypocrisie et la fausseté de tout ce qu'elle avait posté jusqu'alors. Mais sa capacité à projeter une image, à jouer un rôle, lui était fort utile, à présent. Il lui suffisait d'être convaincante en reine de Monrova *et* de faire renoncer Leo à son projet de mariage.

La limousine franchit de hautes grilles dorées et s'arrêta devant un bataillon de cavaliers en uniforme rouge et or, tous au garde-à-vous à côté d'un magnifique traîneau auquel étaient attelés six chevaux blancs.

Juno descendit quand le chauffeur lui ouvrit la portière. Au loin, la lumière hivernale nimbait le palais de Severene qui dominait la vieille ville, imposant et majestueux.

Leo descendit de l'autre côté, contourna le véhicule et vint lui offrir son bras.

— Votre calèche vous attend, Majesté, dit-il d'un ton moqueur.

Elle devait jouer son rôle, suffisamment pour être convaincante, mais pas davantage, se répéta Juno.

Cependant, lorsque Leo la conduisit vers le traîneau et que la cavalerie en uniforme les salua au passage, Juno comprit que son plus grand défi consisterait à lui résister.

— Prête ? demanda-t-il une fois qu'ils furent installés sur la banquette en cuir rouge, une couverture de fourrure étalée sur les genoux.

Naturellement ! Quelle question...

— Souris, Jade, et détends-toi, ils t'aiment déjà..., murmura Leo.

Le traîneau glissait devant la foule des spectateurs massés de part et d'autre de la grand-rue traversant la vieille ville. Les gens poussaient des hourras, ravis de découvrir celle qu'ils voyaient déjà comme leur nouvelle reine.

Leo se tourna vers eux, adressa quelques saluts de droite et de gauche tandis que les chevaux traversaient la place centrale et filaient sur les rues pavées recouvertes de neige en direction du palais.

De son côté, Jade saluait des individus distincts, remarqua-t-il. La foule appréciait manifestement ce genre de contact interpersonnel. Pourquoi ne lui avait-on pas appris à économiser son énergie ? Elle finirait par avoir mal au bras, à force.

À cet instant, elle fit un signe de la main à un petit garçon juché sur les épaules de son père. Ensuite, elle se retourna pour le regarder le plus longtemps possible, l'air extasié.

— Tu as vu ce petit garçon, Leo ? Je crois qu'il te saluait.

— J'en doute. Tu t'amuses bien, j'ai l'impression ?

— Oui. C'est très stimulant, tu ne trouves pas ?

Stimulant ? Elle trouvait encore du plaisir à se plier à ce genre d'exercice après s'y être adonné des millions de fois ?

— Je te l'ai dit : ils t'aiment déjà, se contenta-t-il de répliquer.

— Ils ne peuvent pas m'aimer – ils ne me connaissent pas. En revanche, ils aiment leur roi, c'est évident.

Il la dévisagea en plissant le front, déconcerté. Se moquait-elle de lui ?

— Non, ils ne m'aiment pas. Être aimé ne fait pas partie de mes prérogatives.

La seule chose dont il était redevable à son père, c'était d'avoir fait en sorte, comme ses ancêtres avant lui, que le roi soit respecté, et non aimé. Garder ses distances avec le peuple que l'on gouverne était primordial, et préserver sa vie privée, capital, sous peine de se laisser entraîner dans la spirale infernale du cirque médiatique.

— Ce rôle revient à qui, alors ? demanda Jade en l'observant avec attention.

— À la reine, murmura-t-il.

La sensation de malaise qui l'avait envahi s'accrut. Le souvenir horrible d'un autre Noël, très ancien, resurgit dans sa mémoire, lui causant une sensation de vertige.

« Pourquoi ne vas-tu pas rejoindre les autres enfants, Leo ? Je suis sûre que le Père Noël a déposé un présent pour toi aussi. »

« Père a dit que je devais rester auprès de toi, maman. »

« Ton père n'a pas toujours raison, mon chéri. »

— Pourquoi est-ce exclusivement le rôle de la reine ? Tu ne trouves pas cela un peu sexiste ?

La voix légèrement voilée de Jade sortit Leo de ses malencontreux souvenirs. Il préférait ne pas penser à sa mère, surtout à cette période de l'année.

Il sourit, amusé par son franc-parler.

— Tu désapprouves cette répartition des rôles ?

— Évidemment. S'ils peuvent aimer leur reine, pourquoi ne pourraient-ils pas t'aimer toi aussi ?

En dépit de son expérience de la monarchie, Jade avait encore beaucoup à apprendre.

— Pourquoi préfères-tu qu'ils ne t'aiment pas ? enchaîna-t-elle.

— Parce que je ne suis pas un sentimental, répondit-il avec sincérité. Et que l'amour ne fait pas partie de mes besoins.

Elle plissa le front à son tour.

— Tout le monde n'en a-t-il pas besoin ?

La question était si candide qu'il en fut un instant désarçonné.

Devait-il lui mentir ? Lui répondre par une platitude ? Son but était de la convaincre de l'épouser, après tout. Mais si elle acceptait de devenir sa femme, elle devrait connaître les limites de leur mariage. Il n'aurait surtout pas fallu qu'elle s'imagine qu'une telle union outrepasse le champ du physique et du politique.

— Non, tout le monde n'a pas besoin d'amour, Jade. Certains s'en passent sans problème. En outre, cela représente un atout considérable pour un monarque, tu ne penses pas ?

Le mariage des parents de Jade et la manière scandaleuse dont il s'était terminé en attestaient. Son père, le roi Andreas, l'avait fait clairement comprendre à Leo autrefois, l'été où il était venu à Monrova pour discuter d'un traité commercial, juste après son accession au trône de Severene. C'était l'été où la plus jeune des filles du roi, une adolescente indisciplinée et téméraire, s'était entichée de lui, et qu'Andreas avait parlé pour la première fois d'un mariage avec Jade, l'aînée des jumelles.

À l'époque, la jeune héritière n'ayant que seize ans, Leo avait été choqué par sa proposition. Il ne les prenait pas au berceau, tout de même !

En vérité, la plus jeune était la seule à avoir attiré son attention, cet été-là. Sans doute parce qu'elle avait tout fait pour se faire remarquer…

Leo se rappelait encore sa conversation avec le roi Andreas après que la jeune fille eut tenté de l'embrasser. Lui-même n'avait pas mentionné l'incident, mais il s'était demandé si le roi l'avait appris, parce qu'il avait tenu à le dissuader d'entretenir tout rapport avec la princesse Juno.

Il se rappelait encore les paroles d'Andreas, parce qu'elles en disaient long sur l'échec de son mariage.

« Juno est indisciplinée et effrontée. Elle l'a toujours

été. Elle n'a pas le tempérament d'une princesse royale et depuis qu'elle vit à New York, je crains qu'elle ne soit devenue aussi ingérable que sa mère. Croyez-moi, Leonardo, choisissez votre reine avec soin et discernement. La passion n'est jamais bonne conseillère lorsqu'il s'agit de décisions cruciales. Je sais de quoi je parle. »

Andreas n'en avait pas dit davantage, mais Leo connaissait l'histoire de son mariage avec Alice Monroe – la belle et jeune actrice rencontrée lors d'une réception organisée au siège des Nations unies à New York, et épousée moins d'un mois plus tard. Alice étant alors la coqueluche des médias, leur romance de conte de fées et leur mariage éclair avaient fait la une de la presse mondiale. Mais peu après la naissance des jumelles, presque exactement neuf mois plus tard, les failles avaient commencé à apparaître.

Huit années s'étaient écoulées avant qu'Andreas ne divorce d'avec sa reine et la renvoie à New York avec la plus jeune de leurs deux filles. À ce moment-là, le comportement de plus en plus scandaleux d'Alice avait failli causer la perte de la monarchie de Monrova, aussi Leo n'avait-il pas été surpris que le roi Andreas regrette ce qu'il considérait maintenant comme une toquade.

— Tu penses vraiment que le fait d'être roi va forcément de pair avec l'absence de besoins affectifs ? demanda Jade.

— Ce n'est pas ce que j'ai dit, murmura-t-il.

Mais c'était bien ce qu'il pensait.

— Néanmoins, je suis convaincu qu'il vaut mieux s'en passer, car cela peut devenir un inconvénient.

Une lueur de pitié traversa les yeux verts.

— Je vois, dit-elle, avant de tourner la tête vers la vitre.

Leo se raidit. Elle avait *pitié* de lui ? Pourquoi ? Elle devait bien savoir que l'amour – que les gens confondaient souvent avec la passion - n'avait pas de place au sein d'un mariage royal, non ?

Le traîneau glissa sur la neige, recouvrant la cour du palais où les attendaient les deux cents membres du personnel, alignés au cordeau.

Un jeune valet de pied se détacha du premier rang et ouvrit la portière, déplia la marche, puis, après s'être incliné profondément, tendit la main à Jade pour l'aider à descendre.

Celle-ci bondit à terre, et au grand étonnement de Leo elle se tourna vers le domestique.

— Bonjour, et merci, lui dit-elle en souriant.

Le visage en feu, le valet garda la tête inclinée. Sans doute était-ce la première fois qu'une personnalité s'adressait à lui directement.

— Nous sommes très honorés de vous accueillir à Severene, Majesté, murmura-t-il.

— Et moi, je suis très honorée d'être parmi vous, répliqua Jade. Comment vous appelez-vous ?

Le jeune homme redressa le cou et tourna les yeux vers Leo, les joues cramoisies.

Leo hocha brièvement la tête pour l'autoriser à répondre à la reine, puis descendit à son tour du traîneau.

— Klaus, Majesté.

Il s'inclina de nouveau, en frissonnant de façon visible.

— Ravie de faire votre connaissance, Klaus, murmura Jade. Je peux vous demander combien de temps vous avez attendu dehors, dans le froid ?

— Environ une heure, Majesté.

— Vous plaisantez ? Dans cette tenue ?

Lorsque le jeune homme acquiesça d'un hochement de tête, elle se tourna vers Leo, le regard furibond.

— C'est insensé, Leo. Tu as vu ce qu'il a sur le dos ? Il ne porte même pas de gants chauds !

— En effet, acquiesça-t-il.

Elle avait raison. Les uniformes du personnel, bien que superbes, n'étaient pas du tout conçus pour des températures inférieures à 0°. Mais c'était l'éclat du regard de Jade qui le fascinait. Elle était d'une beauté à couper le souffle quand elle était en colère.

— Qui est le responsable ?

— Moi, je suppose, répondit Leo.

En fait, c'était le majordome du palais, Pierre Le Clerk, qui, comme d'habitude, avait décidé de faire attendre le personnel dans la cour. Mais Leo préférait la voir concentrer sa belle ardeur sur lui. Il réfléchirait à ses propres réactions plus tard.

— Eh bien, ne reste pas là à ne rien faire ! rétorqua-t-elle vivement. Tous ces gens doivent rentrer *immédiatement.*

Il aurait dû se sentir offensé. Personne ne lui parlait sur ce ton ni ne lui donnait des ordres. Mais il fut de nouveau impressionné par l'approche non conventionnelle de Jade et sa détermination farouche à protéger le jeune homme tremblant de froid dans sa superbe livrée rouge et or.

Elle ferait décidément une reine formidable.

Leo hocha la tête en direction de son majordome, lorsqu'une autre pensée lui traversa l'esprit.

Sans Jade, aurait-il jamais remarqué qu'un valet de pied frisait l'hypothermie lorsqu'il était en fonction à l'extérieur ? Sans doute pas. Les visiteurs de marque avaient toujours été accueillis de cette façon. Pourquoi n'avait-il jamais songé à revisiter cette regrettable tradition ?

Le Clerk s'avança vers lui, un sourire crispé aux lèvres, manifestant par là son mécontentement dû à ce qu'il considérait sans aucun doute comme un manquement à l'étiquette. Leo passa outre. Le Clerk n'avait qu'à s'en prendre à lui-même.

— Majesté, s'il y a un problème avec…

— Faites rentrer tout le monde, l'interrompit Leo. Le jeune Klaus est frigorifié, ainsi que tout le reste du personnel, vraisemblablement.

— Mais, Majesté, la tradition…

— Au diable la tradition ! À moins que vous ne préfériez

que tout le personnel se retrouve en incapacité de travailler pour cause d'engelure ?

Le Clerk pinça les lèvres mais s'inclina profondément.

— Comme vous voudrez, Majesté.

Sur ces paroles, le majordome – les maîtres d'hôtel et les employés les plus âgés lui emboîtant le pas - se dirigea vers la porte principale, la tête haute, et le petit groupe disparut bientôt à l'intérieur, suivi des autres membres du personnel.

— Venez, Klaus, je crois que vous avez besoin d'un grog bien chaud, murmura Jade en souriant au valet de pied. Moi aussi…

Leo regarda le jeune homme sourire à son tour à la reine de Monrova avec une vénération touchante.

Dire qu'il avait pensé que la réserve et la dignité seraient les principaux atouts de Jade en tant qu'épouse et souveraine ! En fait, sa conception anticonformiste de son rôle de leader, dont il n'avait jamais eu conscience jusqu'à la veille au soir, lui plaisait de plus en plus.

Incapable de résister au désir de la toucher, il lui posa la main sur les reins. Elle tressaillit et se laissa conduire vers l'entrée du palais.

L'alchimie demeurait toujours aussi vivace.

Une fois arrivés dans l'immense salle de réception, il lui chuchota à l'oreille :

— Puis-je vous dire un mot en privé, Majesté ?

Elle le regarda, l'air apeuré, mais les yeux brillants d'une tout autre émotion.

La paume toujours posée sur ses reins, Leo se dirigea vers son bureau. Se retrouver seul avec elle n'était peut-être pas une bonne idée, mais il entendait bien profiter de la moindre occasion pour la séduire.

Dès qu'ils furent entrés dans le bureau, Juno s'écarta de Leo. Lorsque, cédant à une impulsion, elle avait protesté contre les conditions inhumaines imposées au personnel, elle s'était attendue à être réprimandée. Mais à sa grande surprise, Leo l'avait approuvée publiquement, allant même jusqu'à accéder à sa demande sur-le-champ. Cependant, elle avait bien vu qu'il était choqué par son comportement et comprit qu'elle ne perdait rien pour attendre.

Elle redressa le menton, prête à la riposte. Mais au lieu de lui faire des reproches, il se contenta de la regarder en silence avant de dire lentement :

— Pourquoi es-tu toujours sur la défensive, Jade ?

Son anxiété redoubla. Elle devait se surveiller, être plus soumise. Sinon, il découvrirait sa véritable identité. Mais d'un autre côté, Juno savait qu'elle avait eu raison de protéger le jeune valet de pied. Jade aurait fait la même chose, non ? Enfin, avec plus de finesse et de tact…

— Je sais ce que tu penses, répliqua-t-elle en fixant la belle bouche sensuelle.

Voulait-il la torturer ? L'amadouer ? S'agissait-il d'une sorte de jeu de pouvoir ? À moins que Leo ne mise sur la douceur pour la convaincre de l'épouser…

Elle n'aurait jamais dû accepter de l'accompagner. Parce que son plan visant à lui faire comprendre qu'elle serait une reine épouvantable fonctionnait déjà… Mais elle venait de s'apercevoir qu'il comportait un défaut majeur : quand elle se trahirait, soit par accident, soit à dessein, et s'attirerait les foudres de Leo, elle connaîtrait la même souffrance que celle causée autrefois par son père.

Elle devrait encaisser les mêmes coups terribles portés à son ego et à son cœur. Jamais Juno n'oublierait le moment où il l'avait toisée avec froideur et lui avait asséné les paroles cruelles qui étaient restées gravées dans son cœur. Il lui avait dit qu'elle ne serait jamais à la hauteur de son rang, qu'elle ne serait jamais aussi importante que sa sœur et ne mériterait jamais son affection paternelle. À partir de ce jour-là, il l'avait bannie de sa vie pour toujours.

Après avoir mis des années à se convaincre qu'elle se moquait d'avoir été rejetée par son père, elle allait revivre la même chose !

Sans même savoir pourquoi c'était aussi douloureux.

Leo s'appuya les reins au bureau et croisa les bras.

— Si tu sais ce que je pense, pourquoi ne me le dis-tu pas ?

Juno n'avait cure de sa désapprobation. Elle n'essayait pas de l'impressionner. Au contraire. Elle voulait le persuader qu'elle serait une épouse et une reine catastrophique.

— Tu vas me reprocher d'avoir été trop directe et spontanée, commença-t-elle. Tu penses sans doute que j'aurais dû user de plus de finesse et de tact. Qu'il y a une bonne et une mauvaise façon de procéder et que j'ai choisi la mauvaise…

Combien de fois son père lui avait-il dit qu'elle n'était pas douée pour être reine ? Mais elle avait eu raison d'agir comme elle l'avait fait. Si, grâce à elle, personne ne gelait plus sur place dans la cour glaciale du palais au seul motif que le protocole devait être respecté, elle n'avait rien à regretter.

— Klaus était frigorifié, Leo. Et je refuse de m'excuser d'avoir exprimé ouvertement mon opinion.

— Je vois, dit-il.

Elle se prépara à essuyer un discours moralisateur et repensa à la conversation échangée à bord du traîneau. Lorsque Leo lui avait dit qu'il était convaincu qu'il valait mieux se passer d'amour, elle s'était sentie désolée pour lui. Comment pouvait-on penser une chose aussi triste ? L'amour pouvait être compliqué, difficile, et il ne résolvait certes pas toujours tout – parfois, même, il ne résolvait rien du tout. Juno avait aimé sa mère et elle savait que celle-ci l'avait aimée à sa façon. Même si cet amour n'avait jamais été assez fort pour l'empêcher de lui préférer l'alcool…

Peu importait. En dépit de toutes ses imperfections, l'amour était essentiel. Il avait le pouvoir d'aider et de guérir. Revoir Jade et lui proposer d'échanger leurs places pour leur bien à toutes les deux en étaient la preuve. Et Juno refusait de croire que l'on pouvait survivre sans amour.

À moins d'être aussi froid et insensible que son père.

— Je ne sais vraiment pas quoi faire de toi, Jade, reprit Leo en inclinant la tête de côté. Et, à mon grand étonnement – parce que d'ordinaire je préfère la prédictibilité –, je trouve ta spontanéité et ton impulsivité encore plus attirantes que le souvenir de ce qui s'est passé hier soir.

Pardon ? Elle n'eut pas le temps d'accuser le choc. Leo se redressa, décroisa les bras et traversa la pièce.

Juno recula d'un pas, mais sans pouvoir refouler l'excitation qui s'emparait d'elle.

Il s'arrêta devant elle et lui posa la main sur la joue.

— Tu n'es pas furieux contre moi ? s'entendit-elle murmurer.

— Furieux ? Pas du tout, dit-il avec un vrai sourire. Tu as fait ce qu'il fallait faire, Jade.

— Tu le penses vraiment ? demanda-t-elle, le cœur battant à tout rompre.

— Oui, je ne suis pas tout à fait le salaud que tu sembles voir en moi. Ce jeune homme gelait sur place et si nous avions attendu plus longtemps, il aurait risqué l'hypothermie. Je tremble à l'idée de ce que la presse aurait pu en faire…

Il lui caressa la joue, son pouce effleurant ses lèvres.

— Tu devrais davantage suivre tes instincts, poursuivit-il. J'ignore pourquoi tu doutes autant de tes capacités mais, au cas où personne ne te l'aurait jamais dit, sache que tu es une reine particulièrement douée.

Certainement pas. Pour la simple raison qu'elle n'était pas une reine. Mais Juno savoura la caresse et s'autorisa à se réjouir du compliment, même s'il n'avait aucun fondement.

Sans réfléchir, elle posa la paume sur le torse puissant et tressaillit en sentant la fermeté des abdominaux sous la veste d'apparat. Le cœur de Leo battait, fort et régulier.

Le désir embrasa Juno, si intense qu'il en était presque douloureux.

Un juron étouffé franchit les lèvres de Leo, puis il glissa les doigts dans ses cheveux et attira son visage vers le sien. La bouche ferme et chaude se rapprocha…

— Demande-le-moi, chuchota-t-il.

— Embrasse-moi.

Quand il prit possession de sa bouche, Juno résista un bref instant avant d'ouvrir les lèvres. Le désir pulsait entre ses cuisses, réclamant l'assouvissement.

Leo lui prit le visage à deux mains pour approfondir le baiser, étouffant toute plainte, tout soupir.

Il y avait quelque chose de brutal et de tendre à la fois dans la manière dont il dévorait sa bouche. Juno avait besoin de cela. De lui… Elle lui enlaça la taille et se pressa contre lui. La passion la consumait, la faisait fondre.

Mais lorsqu'il glissa les doigts sous son pull en soie tout en lui mordillant doucement la lèvre, ce fut comme une explosion de tous ses sens.

Juno se dégagea et recula jusqu'à un canapé en cuir où ils se laissèrent tomber tous deux, le souffle court. Elle porta la main à ses lèvres gonflées.

Leo était d'une beauté dévastatrice, les cheveux en bataille, sa fossette sur le menton encore plus sexy que d'habitude. Quant à la puissante érection tendant l'étoffe du pantalon…

— Nous n'aurions pas dû…, murmura-t-elle.

— Mais nous l'avons fait, répliqua-t-il, la voix rauque.

Levant la main pour repousser une mèche de sa joue, Juno se rendit compte que son chignon était en piteux état.

— Nous devrions…

Elle s'efforça de réparer les dégâts, avec les quelques épingles encore en place.

— Nous devrions rejoindre la salle de réception avant que l'on remarque notre absence…

— Tout le monde l'aura déjà remarquée, répliqua-t-il

avec un irrésistible petit sourire en coin. Et je suis navré de te le dire, mais je crois que les spéculations concernant notre mariage échappent désormais à notre contrôle.

Une lueur brûlante fusa dans ses yeux bleus.

— Quant à l'inconfort que je ressens…

Juno sourit, ce fut plus fort qu'elle.

— Je suis heureux que cela t'amuse, dit-il avec un rire contraint.

— Non, je ne… C'est compliqué…

Affreusement compliqué, de plus en plus compliqué. Céder à cette alchimie explosive aurait été une erreur. Sur le plan moral comme émotionnel. Elle n'était pas celle qu'il croyait, mais même si elle avait été Jade, le mariage qu'il lui proposait équivalait à un simple partenariat, la cogestion d'un double royaume, en quelque sorte. Une union dépourvue de tout sentiment.

Personne n'aurait dû accepter de se marier uniquement pour assurer la stabilité politique et économique de deux pays, et engendrer un héritier. C'était absurde. Nul. Juno était venue à Severene pour le lui faire comprendre, pendant que sa sœur le découvrait de son côté en vivant sa vie.

Elle n'était pas venue là pour fantasmer sur la bouche sensuelle de Leo, ni sur sa fossette au menton ou son sourire dévastateur, pas plus que sur cette puissante…

Juno rougit. Il l'observait en silence, le regard étincelant, un sourire amusé aux lèvres. Comme s'il savait exactement ce dont son corps avait besoin et réfléchissait à la meilleure façon de s'en servir contre elle.

— Je vais les rejoindre la première, commença-t-elle d'un ton faussement détaché, tu me suivras quand tu…

Elle s'interrompit et se mordit la lèvre.

— Quand tu seras prêt, acheva-t-elle sans le regarder.

Mais au moment où elle voulut passer devant lui pour gagner la porte, il lui saisit le poignet, la forçant à s'arrêter.

— Pas si vite.

Il l'attira vers lui et plongea son regard dans le sien.

— Je veux que ce mariage ait lieu. Je crois qu'il sera…

Les yeux bleus flamboyèrent.

— … riche et profitable – à tous points de vue. Et je ne reculerai devant rien pour t'en persuader.

C'était un avertissement, comprit Juno. Elle devait être prudente et contrôler les réactions de son corps. Sinon, elle risquait de se laisser aller et de faire quelque chose d'irresponsable et d'impardonnable… Et ce serait Jade qui en subirait les conséquences.

Leo était un homme dangereux. Arrogant, déterminé et follement sexy. Il exerçait un pouvoir redoutable sur elle, sur sa libido, et sur ses meilleures intentions. Sans parler de son self-control. Il était prêt à tout pour parvenir à ses fins, et l'épouser en faisait partie.

Ou, plus exactement, épouser la reine de Monrova.

Juno se dégagea d'un mouvement vif et se frotta le poignet.

— J'en prends bonne note, dit-elle, le plus dignement possible. Mais ne t'inquiète pas, je ne te demanderai plus de m'embrasser.

Sur ces mots, elle se dirigea vers la porte en s'efforçant d'ignorer les sensations délicieuses que le rire moqueur faisait naître en elle.

Elle était prévenue : elle devrait tout faire pour lui résister. Physiquement et émotionnellement.

5.

— Attends, Leo, quelqu'un veut te voir !

Leo suivit le regard de Jade et aperçut une minuscule petite fille à moitié cachée derrière sa mère.

— Vas-y, murmura-t-il, surpris une fois de plus par sa capacité à repérer les gens qui ne se mettaient pas en avant.

Surtout que la foule était particulièrement dense en ce jour d'ouverture du marché de Noël.

Jade lui posa la main sur le bras.

— Viens, nous allons lui dire bonjour ensemble.

Depuis l'épisode du valet de pied frigorifié, elle semblait s'être donné pour mission de faire tomber les barrières dont lui-même s'entourait dans ses rapports avec la population de Severene. Il aurait dû être irrité par le comportement de Jade. Il n'était pas partisan des rapprochements physiques avec le peuple ; cela ne faisait pas partie de ses devoirs royaux. Sa tâche consistait à s'afficher publiquement, voilà tout. Il ne s'adressait jamais à un individu en particulier. En outre, il avait du mal à s'entretenir avec les enfants. Il ne voulait pas les intimider, mais c'était toujours ce qui se produisait.

Par ailleurs, Leo soupçonnait qu'il s'agissait là d'une tactique visant à le distraire. Une façon de détourner le désir qui n'avait fait que croître entre eux depuis leur arrivée à Severene. À chaque fois qu'il essayait de retenir son attention, Jade réussissait à l'éconduire sous un prétexte ou un autre.

Et ce petit manège commençait à lui taper sur les nerfs.

Quelle femme avait jamais repoussé ses avances ?

D'autant que, dans le cas présent, le désir était mutuel. Elle avait beau résister à ses tentatives de séduction, elle ne pouvait dissimuler les frissons qui la parcouraient dès qu'il lui effleurait le bras ou les reins.

— D'accord, acquiesça-t-il avec réticence. Finissons-en avec ce bain de foule.

Jade le dévisagea un instant en silence, puis eut un sourire spontané, dépourvu de la méfiance habituelle. Comme si elle lui donnait son approbation… Alors qu'il n'avait besoin de l'approbation de personne.

Lorsqu'ils arrivèrent à proximité de la foule pressée derrière le cordon de sécurité, Leo sentit sa respiration devenir irrégulière tandis qu'un souvenir remontait du plus profond de sa mémoire.

La petite fille se serra contre sa mère, mais Jade s'accroupit – ce qui ne devait pas être facile avec une jupe crayon et des boots à talons - afin d'être à la hauteur de la petite fille.

— Bonjour, c'est pour moi ? demanda-t-elle en désignant le dessin que la petite fille tenait à la main.

L'enfant hocha la tête et lui tendit son dessin – lequel représentait une femme filiforme vêtue de rouge écarlate et portant une grosse couronne jaune vif –, puis enfonça résolument le pouce dans sa bouche.

— Merci beaucoup, il est *magnifique*, ton dessin ! s'exclama Jade avec chaleur.

La petite fille la contempla d'un air d'adoration absolue. Comment Jade réussissait-elle ce prodige ? Comment pouvait-elle donner l'impression de recevoir un chef-d'œuvre alors qu'il s'agissait d'un simple gribouillage d'enfant ?

— J'aimerais bien savoir comment tu t'appelles, dit-elle en baissant la voix.

La petite fille sortit le pouce de sa bouche.

— Ella, chuchota-t-elle, avant de remettre le pouce en place.

Jade se mit à rire, émettant un son mélodieux qui toucha Leo au cœur.

— Ella ? Quel beau prénom, dit-elle. Merci encore pour ce beau dessin, je vais le garder précieusement.

Lorsqu'elle se redressa, la mère de l'enfant s'inclina profondément devant elle.

— Merci, Majesté. Ella l'a fait ce matin – elle voulait absolument vous l'offrir après vous avoir vue à la télévision. C'était très important pour elle.

Leo se sentit mal à l'aise. Combien de fois s'était-il trouvé dans des circonstances analogues sans jamais entrer en contact avec quiconque ? On lui avait appris depuis toujours à garder ses distances. Or, il y avait quelque chose de si naturel, de si charmant, dans l'approche de Jade…

Il fronça les sourcils. C'était à lui de diriger les opérations. Pas à Jade.

Mais depuis le premier jour, depuis qu'elle avait entrepris de sauver le jeune Klaus, Leo ne pouvait s'empêcher d'être fasciné par l'imprévisibilité de ses actions. Et par toutes les qualités qu'il découvrait chez elle.

— C'est très important pour moi aussi, dit-elle à la mère de l'enfant. Vous avez une petite fille adorable.

La sensation inconfortable se propagea dans la poitrine de Leo. Il s'agissait de chaleur, d'admiration, mais aussi d'autre chose. D'un sentiment déroutant et profond sur lequel il ne savait mettre de nom.

Pourquoi souhaitait-il épouser cette femme, au juste ? s'interrogea-t-il brusquement. Avant le Bal d'hiver, la réponse allait de soi. Mais depuis, rien n'était plus évident.

Les atouts politiques et économiques d'une telle union demeuraient les mêmes. La visite de Jade ne faisait que le confirmer. Mais en plus des nombreux avantages inhérents à leur mariage, notamment le désir qu'ils ressentaient l'un pour l'autre, Leo éprouvait un autre désir, plus indéfinissable, dénué de tout fondement réaliste. Et cela le perturbait.

— Tu lui dis bonjour, Leo ? fit Jade en glissant la main dans la sienne.

La mère sourit – les journalistes n'avaient pas manqué de faire état du diminutif employé par la reine de Monrova, naturellement. Mais, entendant les flashs crépiter autour d'eux, il tressaillit à la pensée que l'on ait pu voir dans son expression davantage que ce qu'il voulait bien montrer.

Il inclina la tête devant la mère de l'enfant.

— Enchanté de vous rencontrer, madame.

La femme rougit jusqu'aux oreilles et fit une profonde révérence.

Voilà, ils pouvaient s'en aller, maintenant.

Mais au moment où Leo se détournait, Jade resserra les doigts autour des siens.

— Tu n'as pas oublié quelqu'un ? demanda-t-elle en baissant les yeux sur la petite fille. Je suis sûre qu'Ella aimerait bien te dire bonjour à toi aussi, Leo.

Nouvelle avalanche de flashs… L'espace d'un moment atroce, il hésita. Il avait l'impression d'être un animal pris au piège. Leo était habitué à être épié par les paparazzis, mais il avait toujours veillé à les maintenir à distance.

Il resta figé, le souvenir refoulé rejaillissant et s'imposant avec force dans son esprit.

Le vent glacial d'hiver, le chant funèbre d'une trompette, la main de son père broyant la sienne, la souffrance lui étreignant la gorge tandis qu'il luttait pour retenir ses larmes…

« Ta mère est morte, Leonardo. Cesse de pleurnicher. Ton devoir de prince t'enjoint de rester digne en toutes circonstances. »

— Leo ? Tout va bien ?

La voix douce de Jade le libéra des souvenirs glaçants.

Tout le monde le regardait. La petite fille, sa mère, Jade et les journalistes, dont la plupart continuaient à le mitrailler.

— Oui, oui, protesta-t-il, agacé et humilié de s'être ainsi donné en spectacle.

Qu'est-ce qui lui avait pris ? Et pourquoi ce souvenir maudit avait-il choisi ce moment pour resurgir des tréfonds de sa mémoire ? Sa mère était morte depuis si longtemps qu'il se souvenait à peine d'elle.

— Tu es triste ? demanda une petite voix.

Baissant les yeux, Leo s'aperçut que l'enfant l'observait de ses grands yeux bruns. Soudain, il eut l'impression absurde qu'elle lisait en lui, jusque dans son âme. Ou plutôt dans celle du petit garçon voguant à la dérive dans un océan de larmes, celles des autres, et y cherchant en vain le visage de l'aimée, la seule à pouvoir venir à son secours.

Avant de comprendre brutalement qu'il l'avait perdue à tout jamais.

— Non, plus maintenant, dit-il d'une voix rauque.

La petite fille hocha la tête, avec une gravité peu commune pour une enfant de son âge, puis sourit, d'un sourire doux et innocent.

— Tu l'aimes autant que moi, la reine Jade ? demanda-t-elle, les yeux brillants d'admiration.

J'espère bien que non.

La réponse avait surgi de nulle part, presque aussi cruelle que la gifle assénée par sa mémoire un moment plus tôt.

— Tu ne dois pas poser ce genre de question, Ella, intervint sa mère. C'est impoli.

— Joyeux Noël, leur murmura Leo à toutes les deux.

Serrant la main de Jade dans la sienne, il se détourna et s'éloigna en direction de la limousine, pressé d'échapper aux regards des curieux, des journalistes, et aux émotions troubles dont il ne voulait pas. Au manque qu'il refusait de reconnaître. Et au triste souvenir de ce jour funeste qu'il croyait avoir enterré autrefois pour toujours, en même temps que sa mère.

— Qu'y a-t-il, Leo ? Que s'est-il passé, tout à l'heure ? demanda Juno une fois installée à côté de lui à l'arrière de la limousine.

— Rien, répondit-il brièvement en tournant la tête vers elle.

Puis il regarda de nouveau droit devant lui, les mâchoires crispées, le visage fermé.

Rien ? Tu parles...

— La visite du marché de Noël n'était pas terminée, fit-elle remarquer.

Et Leo respectait toujours le programme à la lettre.

— Il commençait à faire froid, répliqua-t-il en guise d'explication.

Il mentait. Or le mensonge, c'était son mode de fonctionnement à elle, pas le sien.

Ou, du moins, ça l'avait été encore quatre jours plus tôt, jusqu'à ce que Juno trouve sa place dans sa vie factice de reine de Monrova.

Elle ne serait jamais aussi douée que Jade dans ce rôle, mais, à sa grande stupeur, elle avait découvert qu'elle n'était pas complètement nulle non plus. Au fur et à mesure qu'ils participaient à divers événements, elle s'était aperçue qu'elle prenait un immense plaisir à rencontrer les citoyens de Severene. Le fait qu'ils soient avides de faire sa connaissance aidait beaucoup, bien sûr. Au début, leur accueil chaleureux l'avait désarçonnée car elle savait qu'elle n'était pas celle qu'ils croyaient approcher. Puis, elle s'était débarrassée de sa culpabilité en décidant qu'elle remplaçait Jade et faisait son travail pendant que sa jumelle allait à la découverte d'elle-même à New York.

C'était peut-être un peu malhonnête, mais Juno ne faisait de mal à personne. Surtout si elle jouait son rôle à la perfection. En outre, ces nombreux engagements lui permettaient – avec plus ou moins de succès - de garder à distance son désir pour Leo.

D'autant que, alors qu'elle s'investissait dans son rôle avec zèle, son plus grand allié était justement l'homme qu'elle essayait de garder à distance.

En fait, elle n'aurait jamais été capable de se faire passer pour Jade sans Leo et son soutien sans faille.

Résultat : elle avait de plus en plus de mal à lui résister. Chaque fois qu'il la regardait de cet air déterminé, qu'il la touchait ou lui baisait la main en public, Juno fondait. Chaque fois qu'il lui adressait ce sourire indéchiffrable ou que le bleu de ses yeux s'illuminait du magnifique éclat turquoise, elle craignait de tomber amoureuse de lui.

Pour résister au péril qui la menaçait en permanence, elle se répétait trois vérités. Primo, Leo avait une idée derrière la tête ; secundo, il la prenait pour une vraie reine ; tertio, sa loyauté et sa fidélité allaient avant tout à son royaume et à ses devoirs de monarque. Pas à elle. Ni même à Jade.

En se focalisant sur le détachement émotionnel de Leo – vis-à-vis de son peuple aussi bien que vis-à-vis d'elle –, Juno avait réussi à garder les pieds sur terre. Jusqu'à ce qu'il l'oblige à tout reconsidérer cinq minutes plus tôt.

Non seulement il avait accepté de saluer un individu singulier, mais il s'était soudain pétrifié sous le déluge de flashs, lui laissant entrevoir un être dont elle n'avait jamais soupçonné l'existence.

Il s'était ressaisi rapidement, mais elle n'avait pas rêvé. Durant une fraction de seconde, il avait cessé d'être Leonardo DeLessi Severo, le roi superbe et cultivé, le chef d'État maître de soi et imposant. Subitement, il n'était plus l'homme sexy dont la proximité la transformait en créature avide et passionnée.

Disparu, l'arrogant charmeur au cynisme flamboyant.

L'espace d'un bref instant, Leo avait été vulnérable, seul et malheureux. Comme elle. Et Juno avait réalisé pour la première fois qu'elle ne connaissait que certains aspects de sa personnalité.

— Il ne faisait pas si froid, dit-elle. Quelque chose t'a perturbé. C'est moi ? J'ai fait…

— Oui, en effet, l'interrompit-il en tournant vivement la tête vers elle, l'air plus déterminé que jamais. Je commence à en avoir assez de toutes ces obligations liées à ta présence, sans jamais profiter des agréments qu'elle pourrait m'offrir. Et je ne veux plus te partager avec tous ces inconnus.

Quand le regard de Leo descendit sur sa bouche, Juno sentit son cœur battre la chamade. La chaleur pulsa entre ses cuisses, comme à chaque fois qu'il fixait sa bouche de cette façon… On aurait dit qu'il voulait la dévorer.

— Que s'est-il passé tout à l'heure ? insista-t-elle, refusant de capituler. Tu avais l'air… si triste.

Il battit des cils puis plissa le front.

— Une réminiscence malvenue, voilà tout, dit-il d'une voix rauque.

Quand il tourna les yeux vers la vitre, Juno tendit la main et prit la sienne, posée entre eux sur la banquette en cuir.

Il tressaillit et la regarda d'un air sombre.

— Si tu souhaites en parler, je suis prête à t'écouter, Leo.

Le pli creusant le haut front s'approfondit. Elle avait franchi une limite interdite. Mais lorsqu'elle voulut écarter sa main, il la retint et referma les doigts autour des siens.

— Qu'est-ce que c'était, cette réminiscence ? l'encouragea-t-elle doucement.

— C'est vraiment stupide, cela s'est passé il y a si longtemps ! murmura-t-il en lui caressant machinalement le dos de la main. Et je me souviens à peine d'elle.

— De qui ?

Il baissa un instant les yeux sur leurs mains jointes, puis la regarda, l'air… perdu.

— De qui te souviens-tu à peine ? insista Juno.

Un soupir lui échappa, puis il tourna de nouveau la tête vers la vitre, mais sans lâcher sa main.

— Ma mère, dit-il dans un souffle.

Juno fouilla dans ses souvenirs pour tâcher de se rappeler ce qu'elle savait sur la mère de Leo. Toute petite, elle avait eu l'occasion de rencontrer son père, en visite officielle à Monrova, et se rappelait ne pas l'avoir trouvé sympathique. Il était même franchement effrayant. Grand, athlétique, d'une beauté ténébreuse et arborant sa supériorité comme un bouclier, et les ignorant, elle et sa sœur, parce qu'elles étaient des filles.

En revanche, elle n'avait jamais rencontré la reine de Severene, déjà morte au moment de leur naissance. Par conséquent, Leo devait avoir été très jeune lorsqu'il avait perdu sa mère.

— Elle est morte quand tu étais petit, c'est cela ?

— Oui, il y a très longtemps, acquiesça-t-il. Le cortège funéraire a traversé la vieille ville quelques jours après Noël.

— Quel âge avais-tu ? demanda doucement Juno.

— Cinq ans, je crois, dit-il avec un haussement d'épaules. Le plus stupide, c'est que… je n'avais pas compris qu'elle était morte, à ce moment-là, alors que nous marchions derrière le cercueil, entourés de journalistes qui prenaient des photos et de gens qui me regardaient en pleurant.

— Ils t'ont obligé à marcher derrière le cercueil ? répliqua-t-elle, choquée.

Il fallait être un monstre pour faire subir ce genre de supplice à un enfant de cinq ans. Pas étonnant que Leo ait un problème relationnel avec son peuple, et qu'il considère toutes ces apparitions publiques comme une corvée. Il ne voulait pas se dévoiler, c'était compréhensible.

— J'ai demandé à mon père où elle était, et quand il me l'a dit, je me suis mis à pleurer. Il était furieux, poursuivit Leo d'une voix neutre.

— Pourquoi était-il furieux ?

— Hum… Qu'est-ce que tu as dit ? demanda-t-il en tournant les yeux vers elle.

— Ton père, pourquoi était-il furieux ?

— Un prince n'avait pas le droit de montrer ses émotions en public, répondit-il de la même la voix neutre. Quand nous sommes rentrés au palais, j'ai été puni en conséquence.

— Il t'a puni ? murmura Juno, horrifiée. De quelle façon ?

— À coups de cravache.

— Il t'a frappé ? Le jour des funérailles de ta mère ?

Elle le dévisageait en écarquillant les yeux, l'air choqué et peiné. Il en avait trop dit. Beaucoup trop. Les conseillers du palais étaient au courant, mais, de son côté, Leo n'avait jamais parlé à quiconque du penchant de son père pour les châtiments corporels. Afin de préserver la monarchie, et son amour-propre.

À présent, c'était de l'histoire ancienne.

— Mon père avait des principes rigides, murmura-t-il. Il pensait sans doute agir pour mon bien et estimait que je devais apprendre à garder ma dignité en toutes circonstances.

— Mais tu n'étais qu'un petit garçon de cinq ans qui venait de perdre sa maman ! protesta Jade. C'est monstrueux – comment a-t-il pu te punir d'être triste et malheureux ?

Leo haussa les épaules, mais sans parvenir à chasser la tension qui l'avait envahi. À quoi bon éprouver maintenant de la compassion pour ce petit garçon malheureux ?

— Il n'était ni bon ni affectueux, dit-il, le cou aussi raide que les épaules. Mais il était un roi respecté de tous.

Ses propres paroles lui parurent creuses et déplacées.

Au cours des derniers jours, il avait vu Jade traiter son peuple en égal et s'adresser à des individus d'une façon qui lui avait toujours été étrangère. Et à l'observer, il avait compris que son père avait été respecté, certes, mais sans jamais être aimé. Leo avait adopté la même attitude, pas à son insu mais délibérément. En se protégeant, en protégeant cet enfant traumatisé, il s'était fermé à tout contact avec celles et ceux qui ne faisaient pas partie de son entourage proche.

— Il était respecté, et alors ? fit Jade en serrant la main entre ses doigts tremblants. Il n'en était pas moins un monstre.

Une boule se nicha dans sa gorge, l'empêchant de respirer. Il déglutit avec peine, résolu à ne pas montrer sa détresse.

En l'espace de quelques jours, la reine de Monrova avait pris une place considérable dans sa vie. Il ne s'agissait pas uniquement de présence physique, de l'attirance irrépressible qu'il ressentait pour elle, ou de la façon dont elle réagissait à sa proximité sans même s'en rendre compte. Il appréciait de plus en plus son intelligence, son esprit, son sens de l'humour et de $1a repartie. Et sa manière bien à elle de communiquer avec tous ceux qu'elle rencontrait.

— Tu méritais tellement mieux, poursuivit-elle. Tu étais son fils avant d'être un prince.

Leo dégagea sa main et se la passa dans les cheveux. La sensation d'oppression devenait intolérable.

— Ce n'est pas la peine d'avoir pitié de ce jeune garçon, dit-il avec effort. Il est mort depuis longtemps.

— Ce que ton père a fait n'en est pas moins ignoble, Leo. Et tu souffres encore à cause de…

— Tais-toi, murmura-t-il en appuyant un doigt sur les lèvres pulpeuses.

Le frisson qui la parcourut incendia sa libido. Ça, il comprenait. Il savait gérer.

— Je ne souhaite pas en parler davantage, Jade.

Il ne *pouvait* pas en parler. Ni même penser à cet enfant perdu ou montrer à Jade combien il était touché par l'ardeur avec laquelle elle le défendait. Parce que sinon, elle détiendrait encore plus de pouvoir sur lui. Et cela, il ne pouvait se le permettre.

— Je te désire et tu me désires, continua Leo. Il est peut-être temps d'arrêter de parler, tout simplement.

Se rapprochant d'elle, il lui prit le visage entre les mains et l'attira à lui. Elle referma les mains sur les siennes mais ne le repoussa pas. Au contraire, elle s'abandonna contre lui.

Il prit sa bouche avec fièvre. C'était de cela qu'il avait besoin, pas de sa pitié ou de sa compassion.

Les coups discrets frappés contre la vitre la firent sursauter dans ses bras.

— Nous sommes arrivés au palais, Majesté.

— Laissez la portière fermée, ordonna Leo au chauffeur.

Mais il fut forcé de lâcher Jade qui recula sur la banquette.

Elle le regarda, les cheveux en désordre, les lèvres gonflées par son baiser, le souffle aussi précipité que le sien.

— Cessons de compliquer les choses, tu veux bien ? Nous ne sommes plus des enfants. Rien ne nous empêche de profiter au maximum de l'alchimie qui existe entre nous…

— Mais je ne peux pas t'épouser…, murmura-t-elle, l'air paniqué.

— Oublions le mariage ! l'interrompit-il. Je m'en fiche !

La seule chose qui lui importait pour l'instant, c'était de l'avoir dans son lit et d'apaiser le désir qui échappait à son contrôle. Le sexe, c'était simple, sans complications. Jade l'obsédait. Pour se débarrasser de cette obsession, il fallait assouvir sa soif au lieu de la réprimer.

— Tu… Tu le penses vraiment ? demanda-t-elle en écarquillant les yeux. Tu n'exigeras rien d'autre de moi si nous…

Elle déglutit avec peine.

— Si… Si nous devenons amants ?

Seigneur, quand elle le regardait ainsi, les yeux étincelants des beaux reflets émeraude…

— « *Si* nous devenons amants » ? répéta-t-il, la voix rauque. Tu veux dire plutôt *lorsque* nous serons amants ?

Un tressaillement la parcourut, un éclair fusa dans son regard. Cela suffit à Leo.

Elle serait à lui. Avant la fin de son séjour à Severene. Cependant, cela représentait un grand pas pour Jade, il ne devait pas l'oublier. Elle le désirait autant qu'il la désirait, mais elle était innocente.

Un courant brûlant le traversa à la pensée d'être son premier amant. Il n'avait encore jamais couché avec une vierge. Il ne l'avait jamais souhaité et n'avait jamais accordé de valeur à la virginité d'une femme. Ça aurait été le summum de l'hypocrisie, vu qu'il n'était plus vierge lui-même – et depuis longtemps ! Mais avec Jade…

Leo exultait à la perspective d'être le premier à l'entendre soupirer, gémir, à la regarder sombrer dans ses bras.

Pour cela, il devait calmer la bête qui rugissait en lui.

— Si nous couchons ensemble, ce sera purement physique, déclara-t-elle avec sérieux. Je veux que ce soit bien clair.

Il retint un petit rire crispé. Quand cesserait-elle de le surprendre avec sa franchise et son intégrité ?

— Je te donne ma parole. *Lorsque* nous coucherons ensemble, ce sera pour le plaisir et rien que le plaisir.

En vérité, il envisageait toujours de la convaincre de l'épouser, et il comptait bien se servir de leur désir réciproque pour parvenir à ses fins.

— Pouvons-nous garder cela pour nous ? demanda-t-elle.

Cette fois, Leo ne put s'empêcher de sourire. Comment pouvait-elle être aussi naïve ? Après un an de règne et des années d'obéissance au roi son père, elle ne pouvait ignorer qu'il serait impossible de garder leur liaison secrète bien longtemps. Mais il préféra ne pas la contrarier.

— Nous pouvons toujours essayer.

— Quand ?

Sa franchise le surprit encore une fois.

— Quand veux-tu… le faire ?

Maintenant.

Il refoula le désir primaire de la prendre là, sur la banquette en cuir.

— Dois-je comprendre que tu es d'accord, Jade ?

De roses, les pommettes devinrent cramoisies.

— Je… Je te désire, moi aussi.

La chaleur déferla en lui.

Le naturel et l'innocence de cette femme allaient le tuer, bon sang !

— Après le Bal de Noël, dans trois jours ? Qu'en dis-tu ? Ce sera notre dernier engagement officiel et cela nous permettra de garder notre liaison secrète.

Personne ne saurait qu'elle n'était pas rentrée à Monrova.

En attendant, les trois jours à venir allaient représenter un véritable supplice, surtout maintenant qu'elle avait accepté de se donner à lui. Mais la discrétion prévalait. Une fois qu'ils seraient amants, il pourrait se servir de leur liaison charnelle pour négocier le mariage. Inutile de s'exposer avant que cela ne devienne indispensable.

— Je vais prendre les dispositions nécessaires. Tu me fais confiance, Jade ?

Elle baissa les yeux. De quoi pouvait-elle bien se sentir *coupable* ? se demanda-t-il.

— Oui, murmura-t-elle. J'ai confiance en toi.

Cette fois, Leo sourit franchement. La perspective d'être le premier amant de cette femme adorable redoublait la force de son désir, mais il avait bien l'intention d'être le seul et l'unique.

— Parfait, dit-il en portant les doigts fins à ses lèvres. Je te reverrai demain.

— Pas ce soir ? Nous ne dînons pas ensemble ?

La déception qui se lisait dans les beaux yeux verts gonfla son ego.

— Non, pas ce soir, murmura-t-il en lui caressant doucement le menton du bout du pouce. Je crois qu'il serait plus sage de limiter nos rencontres aux engagements publics. Sinon, nous risquerions d'être tentés d'avancer notre rendez-vous secret.

— Oh ! oui, bien sûr ! acquiesça-t-elle en rougissant de plus belle. À demain, alors.

Il s'autorisa un dernier baiser sur le nez avant de se

détourner pour ouvrir la portière. Puis il claqua celle-ci et traversa la cour à grands pas sans un regard en arrière.

Les trois jours à venir seraient un supplice, mais Jade en valait grandement la peine.

Après le bal, il emmènerait sa belle captive dans le vieux chalet de son père, loin de tout. Et là, ils bénéficieraient de l'intimité dont ils avaient besoin.

Le désir déferla en lui.

Bientôt. Il assouvirait bientôt la soif qui le ravageait jour et nuit. Et ensuite, il aurait Jade toute à lui et ferait en sorte qu'elle devienne sa femme.

6.

— Juno ! Je suis si contente de t'entendre !

Juno pressa le téléphone contre son oreille, heureuse et anxieuse à la fois.

— Excuse-moi de ne pas t'avoir répondu tout de suite, enchaîna sa sœur. Il est… Il est très tôt, ici. Et je croyais que nous avions dit que nous ne chercherions pas à entrer en contact, juste par précaution ?

— Jade… Je… Moi aussi, je suis très contente de t'entendre.

Elle s'interrompit pour se ressaisir et inspira à fond.

— Je suis désolée de t'avoir réveillée, reprit-elle. Et je sais que je ne suis pas censée t'appeler, mais…

Mais quoi, exactement ?

Depuis qu'elle et Leo s'étaient mis d'accord pour une liaison sans attaches et sans obligations, Juno s'était préparée à cette conversation, mais elle ne savait toujours pas ce qu'elle voulait dire à sa sœur…

Elle se sentait en proie à de tels désirs contradictoires – à la fois rongée par la culpabilité et dévorée par le désir.

Accepter de se donner à Leo après le bal, c'était mal, pour toutes sortes de raisons, mais d'un autre côté, cela lui paraissait… juste.

Une foule de questions se bousculait dans son esprit, auxquelles elle n'avait pas de réponses. Devait-elle dire à Leo qui elle était avant de passer à l'acte ? Après ? Ou ne pas le lui dire du tout ? En lui avouant la vérité, ne risquait-elle pas de déclencher une catastrophe, pour elle et pour Leo, mais aussi pour Jade ?

D'un autre côté, si elle lui taisait la vérité, pourrait-elle se sentir en paix avec elle-même ? Assumer sa culpabilité ?

S'il s'agissait juste de sexe, était-ce répréhensible de continuer à se faire passer pour sa sœur ? Ce qu'ils vivraient après le bal ne concernait qu'eux deux, en tant qu'homme et femme. Indépendamment de leur identité…

Les arguments se bousculaient dans son esprit depuis trois jours, tournoyant de plus en plus vite, se heurtant, se repoussant, sans jamais trouver le repos.

— Juno, que se passe-t-il ? demanda Jade d'une voix inquiète.

— Quelque chose est arrivé, répondit Juno à la hâte. Une chose… à laquelle je ne m'attendais pas.

Comment expliquer cette alchimie et ce lien qui s'étaient créés entre elle et Leo ? Comment le faire comprendre à sa sœur ? Alors qu'elle ne le comprenait pas elle-même ?

— Il s'agit de Leonardo et de ta visite officielle à Severene ? Vous formez un couple magnifique, je trouve !

— Nous ne sommes pas un couple, répliqua aussitôt Juno.

Même s'ils s'unissaient tout à l'heure, après le bal, comme prévu, il ne s'agirait jamais que d'une liaison éphémère.

— Tu en es certaine ? demanda gentiment Jade. Vous avez l'air d'être très heureux ensemble, sur toutes ces photos parues dans la presse et postées sur les réseaux sociaux. À propos, tu joues mon rôle à la perfection !

— Je suis douée pour faire semblant, c'est tout.

— Tu ne fais semblant de rien du tout, Juno. Tu es naturelle. Je t'ai toujours dit que père avait eu tort de ne pas envisager de te choisir pour lui succéder. Tu t'en souviens ?

— Tu ne m'en veux pas ? demanda Juno, suffoquée.

— Pourquoi t'en voudrais-je ? répliqua sa sœur, manifestement perplexe.

— Parce que je ne devrais pas me trouver à Severene et

que cette histoire n'aurait pas dû devenir aussi compliquée... Et qu'elle pourrait se terminer par un incident diplomatique compromettant les relations entre Monrova et Severene.

En fait, si Leo découvrait la vérité, elle ne savait pas du tout comment il réagirait. Il pourrait trouver cela amusant et audacieux. Mais que ferait-elle s'il devenait fou de rage et la maudissait ? Ayant déjà été rejetée, Juno savait à quel point cela faisait mal. En outre, Leo pourrait reporter sa rage sur Jade. Et elle ne pouvait prendre ce risque.

— Non, je ne suis pas fâchée contre toi, Juno. J'ai réalisé, à la lecture des articles parlant de vous deux, que Leonardo et moi n'étions vraiment pas faits l'un pour l'autre. Alors je suis très contente de m'être laissé persuader de venir à New York.

Elle s'interrompit un instant.

— Cela m'a ouvert les yeux, tu sais ? Et je me réjouis qu'une idylle se noue entre vous.

— Il n'y a rien entre nous, murmura Juno. Rien de sérieux, en tout cas. Je... Nous sommes très attirés l'un par l'autre, c'est vrai. Et Leo est plus sympathique que je ne le pensais.

Leo était un homme complexe, au lourd passé. Il avait lutté pour se faire reconnaître et se trouver une place, comme elle. Ça avait même été plus difficile pour lui.

Elle avait été bannie par son père parce qu'il la jugeait indigne de son rang et qu'il faisait passer ses devoirs envers la Couronne avant ceux qu'il avait envers ses filles. Mais Leo avait été maltraité par son propre père. Et si celui-ci avait été assez cruel pour le frapper à coups de cravache le jour même des funérailles de sa mère, au lieu de lui apporter un peu de réconfort, cela n'avait pas dû être la seule fois qu'il avait frappé son fils.

Leo et elle avaient souffert tous les deux mais avaient géré leur souffrance différemment. Juno était devenue encore plus rebelle, plus téméraire et plus irresponsable, tandis que

Leo avait opté pour l'obéissance et le devoir. Sans même en vouloir à son père, apparemment.

À le voir assumer ses responsabilités, notamment les plus pénibles, Juno avait pensé à Jade, dont le destin était similaire.

Alors qu'elle-même avait choisi la voie la plus facile, la plus égoïste, vivant à sa guise sans se soucier d'autrui.

Si cette semaine passée avec Leo avait servi à quelque chose, ça avait été de lui donner une maturité dont elle manquait à son insu. Grâce à Leo, elle avait compris que la vie ne se résumait pas à la jouissance d'une liberté tout individuelle. Que le bien commun pouvait être plus important que le bien-être individuel.

— Tu es sûre que votre relation est aussi superficielle que tu le prétends ? dit soudain Jade d'un air songeur. Sur les photos que j'ai vues, il te regarde comme il n'a jamais regardé aucune des femmes qu'il a fréquentées.

Juno déglutit, refoulant la stupide étincelle d'espoir qui avait jailli en elle.

Il me regarde ainsi parce qu'il me prend pour une vraie reine.

— Oui, j'en suis certaine. Il n'y a rien de sérieux entre nous.

Et maintenant, il fallait qu'elle pose la question qui lui brûlait les lèvres.

— Jade, ce que j'aimerais savoir, c'est…

Mon Dieu, quelle conversation…

— J'ai très envie d'une aventure avec Leo, parce qu'il me plaît vraiment beaucoup, physiquement – tu vois ce que je veux dire ? Mais…

Elle s'efforçait de prendre un ton décontracté, alors qu'en réalité, elle avait du mal à respirer.

— Nous en avons discuté, cela sera une liaison éphémère et purement physique. Sans aucune conséquence diplomatique ou politique. Et il n'est pas question de mariage, bien sûr. Mais si tu préfères que nous ne… Je ne veux pas compliquer les choses pour toi, tu comprends ? Pour toi et Leo, je veux dire.

— Tu ne parles pas sérieusement, Juno ? Leonardo ne me doit rien, dans aucun domaine !

— Il y a une semaine, tu envisageais de l'épouser…

Jade éclata de rire.

— Ce mariage a toujours été uniquement destiné à garantir les échanges commerciaux entre nos deux pays et à unir nos deux royaumes. Je n'arrive pas encore à comprendre comment j'ai pu penser que cela fonctionnerait entre nous.

— Je ne te reconnais pas, dit lentement Juno. Tu as l'air bizarre… Tout se passe bien, à New York ?

Juno avait appelé sa jumelle pour lui parler d'elle-même, comme d'habitude. Elle ne l'avait même pas questionnée sur sa nouvelle vie.

— C'est… C'est très instructif à bien des niveaux.

Jade avait dit cela d'un ton évasif. Impossible de savoir si ce qu'elle vivait était positif ou négatif.

— Je découvre des choses sur moi dont je n'étais pas consciente, poursuivit-elle. Et ce n'est pas toujours agréable.

— Quel genre de choses ? Il n'y a rien de désagréable en toi.

— Je pensais la même chose ! s'exclama sa sœur dans un nouvel éclat de rire.

Mais il y avait une fêlure dans sa voix.

— Si tu as des ennuis, tu peux me le dire, Jade. Ou nous pouvons échanger nos places, tout de suite.

— Non. Pas encore. J'aimerais vraiment rester jusqu'au nouvel an, comme prévu. Sauf si tu…

— Non, je préfère moi aussi ne pas rentrer à New York maintenant, reconnut Juno.

— Super. Écoute, il faut que je te laisse – j'ai une journée chargée devant moi. Mais quoi que vous fassiez, ou ne fassiez pas, toi et Leonardo, vous avez ma bénédiction. D'accord ?

— D’accord, acquiesça Juno, heureuse que sa sœur lui donne carte blanche.

— Mais fais-moi plaisir, ajouta Jade, et ne sous-estime pas tes sentiments pour lui. Ils sont peut-être plus forts que tu ne le crois.

Juno n’eut pas le temps de répliquer. Sa sœur avait déjà raccroché.

Elle posa son téléphone sur les genoux, en proie à une sensation de vertige. Elle avait beau avoir la bénédiction de sa sœur, elle avait l’impression de se tenir au bord d’un précipice et de contempler le vide.

7.

Dignitaires, politiciens et célébrités étaient venus du monde entier pour participer au Bal de Noël, l'un des événements les plus prisés de toute l'Europe. La salle de réception du palais, encore plus vaste que celle de Monrova, avait été somptueusement décorée : des guirlandes couraient sur les moulures du plafond, agrémentées de boules argentées et de feuilles dorées, en harmonie avec les décorations de l'immense sapin qui trônait au fond de la pièce.

Dans la salle de bal, les invités élégamment vêtus dansaient au son de l'orchestre, tandis que des serveurs passaient parmi les dîneurs pour leur offrir champagne et autres boissons, ainsi que des amuse-gueules préparés par des chefs étoilés.

Juno se laissait porter par le flot, oscillant entre espoir et excitation, en même temps qu'elle refoulait les questions demeurées sans réponse.

Avant même de descendre l'escalier magistral au bras de Leo, elle avait décidé d'improviser. Elle saurait réagir le moment venu. Ce soir, elle vivrait son rêve en oubliant le réel. Quoi qu'il se passe entre eux, ce serait sa dernière nuit avec lui. Le lendemain, elle repartirait à Monrova et, qu'elle lui ait révélé sa véritable identité ou non, elle ne le reverrait plus jamais.

En attendant, elle se laissait griser par la pensée que personne ne soupçonnait que la reine de Monrova était en réalité une princesse déchue venant du Queens – le plus cosmopolite des cinq arrondissements de New York, et celui qui abritait certains des quartiers les plus pauvres de la ville.

Leo avait demandé à Juno de lui réserver toutes les danses, et à chaque fois qu'ils virevoltaient sur le parquet satiné, elle voyait les invités les suivre du regard d'un air ému et admiratif. Il faut dire que dans son uniforme rouge et or, Leo était particulièrement somptueux. Quant à elle, sa magnifique robe de velours de soie broché vert émeraude mettait en valeur la teinte de ses yeux.

Grâce à lui, Juno s'était prouvé que son père avait eu tort. Elle aurait fait une bonne reine, mais pas selon les critères du roi Andreas.

Et le couple qu'elle formait avec Leo était bien réel, même si leur histoire romantique reposait sur une supercherie.

Il lui manquerait, elle le savait. Le roi de Severene était un homme au charme irrésistible, charismatique, exigeant et indéchiffrable. Mais elle refusait d'être victime d'une illusion, comme sa mère avant elle.

En tant qu'invitée d'honneur, Juno se devait de se mêler à la foule, de bavarder avec les uns et les autres, mais Leo ne dissimula pas son impatience de se retrouver seul avec elle, et réduisit leurs obligations royales au strict minimum.

Comme dans un conte de fées, elle allait se laisser enlever par le beau prince charmant et s'autoriserait à jouer les Cendrillon…

Lorsque l'horloge sonna le premier coup de minuit, six valets de pied apparurent sous les applaudissements, tirant un traîneau doré chargé de présents magnifiquement enveloppés et enrubannés. Dès que les invités commencèrent à choisir leurs cadeaux, tout en s'extasiant devant la générosité de leur hôte, celui-ci saisit Juno par la main et l'entraîna vers l'escalier monumental.

Un courant brûlant la traversa.

Ils allaient enfin être seuls…

Leo s'arrêta et se pencha pour lui murmurer à l'oreille :

— Je dois prendre congé de quelques diplomates barbants, mais je te retrouve à l'étage dans un quart d'heure.

— J'aurai besoin de l'aide de Jennifer pour me déshabiller. Ma robe est trop…

Il baissa les yeux sur le profond décolleté.

— Pas question, l'interrompit-il. Dis-lui qu'elle peut se retirer. J'attends avec impatience le moment de t'ôter cette robe depuis le début de la soirée.

Sur ces paroles, il s'inclina devant elle, lui baisa la main et lui souhaita poliment bonne nuit.

Quelques flashs crépitèrent tandis que Juno le regardait s'éloigner.

Après avoir attendu cinq minutes afin que personne ne remarque qu'ils quittaient le bal ensemble, elle fit venir Serena. Dix minutes plus tard, après avoir salué les personnes requises, elle gravit les marches et se dirigea vers sa suite, dans un tel état de nervosité qu'elle faillit trébucher.

Au moment où elle s'avançait dans le couloir, une main lui saisit le poignet, l'obligeant à s'immobiliser.

— Tu en as mis du temps !

Leo… Les yeux étincelants…

Sans plus attendre, il l'entraîna dans sa chambre.

Il s'en fallut de peu qu'il ne l'allonge là, sur le tapis, et la prenne sans plus attendre. Mais ils avaient déjà suffisamment bousculé le protocole…

Leo ouvrit la porte donnant sur son salon privé, entra et la referma d'un coup de pied. Puis il reposa Jade sur ses pieds, le velours émeraude glissant sous ses doigts.

La sensation du corps ferme et doux sous l'étoffe, des courbes ensorcelantes, exacerbait le désir qui le consumait.

Elle était à lui, à présent. À lui, et rien qu'à lui. Au fond, il était ravi qu'elle ait attendu tout ce temps. Parce que, ainsi, il aurait le privilège d'être le premier à découvrir ses trésors cachés.

Il commença par ôter le diadème de diamants qu'il posa sur la chaise la plus proche, puis, cherchant les épingles, les défit une à une.

Dominant à grand-peine son impatience, il se débarrassa de sa veste d'uniforme et déboutonna sa chemise, sans quitter des yeux la luxuriante chevelure châtaine qui ruisselait sur les épaules nues et rondes.

Incapable de résister plus longtemps, il referma les mains sur la nuque et prit la bouche pulpeuse. Jade s'offrit aussitôt à lui, répondant avec passion aux caresses de sa langue. Il la goûta, l'explora, si affamé d'elle qu'il doutait d'être jamais rassasié.

S'arrachant à ses lèvres, Leo laissa échapper un soupir haché. Le désir brillait dans les yeux verts, mais une ombre en atténuait l'éclat. Il devait se contrôler, user de douceur…

— Tu es sûre de le vouloir ? Je ne veux pas te brusquer.

— Oui, je le veux, murmura-t-elle. Ne crains pas de me brusquer.

Les mains tremblantes, il chercha la fermeture Éclair. Le velours glissa sur la peau claire avant de se répandre autour des pieds fins, dévoilant des trésors encore plus splendides qu'il ne l'avait imaginé.

La reine de Monrova était d'une beauté exquise. Translucide, la soie violette laissait entrevoir les aréoles et le triangle sombre, là où il allait bientôt…

Leo se retint de serrer les poings. Comment avait-il pu rester indifférent à tant de beauté durant tous ces mois ?

D'un geste habile, il dégrafa l'ouverture du soutien-gorge et réprima une plainte en découvrant les seins superbes dont les pointes roses étaient fièrement dressées. Il les caressa, effleura les mamelons durcis sous ses pouces, les soupirs de Jade mettant sa libido à rude épreuve.

Il se pencha, prit une pointe gonflée entre les lèvres, enivré par son délicieux parfum de femme.

Agrippée à ses cheveux, Jade renversa la tête en arrière en murmurant :

— Oui, oui, encore…

La voix suppliante eut raison de son contrôle. Écartant sa bouche du sein doux et ferme, Leo redressa la tête et la souleva à nouveau dans ses bras pour l'emporter dans sa chambre.

Là, il l'étendit sur l'immense lit à baldaquin qui trônait au centre de la pièce. Les boucles châtaines auréolaient le visage aux traits délicats, la pâleur du corps superbe tranchait sur le jeté tissé de fils d'or, la lumière du feu projetait des reflets vermeils sur la peau satinée.

Leo acheva de se déshabiller en un éclair.

— Ne t'inquiète pas, dit-il. Je te promets d'être doux.

Le regard de Jade croisa le sien.

— Tu n'as pas besoin de l'être, répliqua-t-elle avec sa hardiesse habituelle.

L'appréhension lui serrait la poitrine, mais il la chassa impitoyablement et s'agenouilla sur le lit. Puis, après avoir fait glisser la minuscule culotte sur les jambes fuselées, il referma la main sur le cœur palpitant de sa féminité.

Lorsqu'il caressa le clitoris gonflé de désir, elle creusa les reins et poussa d'adorables petits cris entrecoupés de halètements. La regarder s'abandonner au plaisir était un spectacle si érotique qu'il dut serrer les dents pour refréner ses propres ardeurs.

— Laisse-toi aller…, murmura-t-il.

Elle réagit d'instinct et s'abandonna à l'extase, sans retenue.

Le cœur battant la chamade, Leo la vit ouvrir les yeux et battre des cils tandis qu'il appuyait l'extrémité de son érection contre le sexe offert, puis s'enfonçait en elle. Très vite, elle se détendit pour l'accueillir.

— Ça va ? murmura-t-il.

Elle n'avait pas tressailli, et il n'avait senti aucune résistance.

Une foule de questions fusa dans son esprit, mais lorsque Jade hocha la tête, il balaya toute interrogation.

La prenant par les hanches, il donna un nouveau coup de reins, instaurant un va-et-vient qui, de lent et mesuré, devint vite sauvage lorsque Leo constata que sa maîtresse s'accordait sans difficulté à son rythme.

Les mâchoires crispées, il ignora la volupté qui montait implacablement de ses reins. Il voulait la faire jouir avant de céder lui-même au plaisir. La faire sienne. Sa reine. Sa femme. Son amante.

Elle poussa un cri, emportée par un orgasme qui la fit trembler tout entière et eut raison de Leo, qui s'abandonna entre ses bras, inondé d'un plaisir si intense, si absolu qu'il craignit de ne jamais pouvoir s'en lasser.

Désorientée, Juno souleva les paupières et eut l'impression de flotter dans un océan chaud et doux qui scintillait de mille reflets. Les effluves épicés l'enveloppaient, mêlés d'une délicieuse senteur mâle, Leo était toujours en elle.

— Arrête de bouger, sinon je vais devoir te prendre à nouveau, dit Leo d'une voix sourde.

Un petit rire mourut sur les lèvres de Juno en même temps que la brume enchanteresse se dissipait d'un coup.

Un frisson désagréable la parcourut, un sanglot étouffé monta de sa gorge.

Qu'avait-elle fait ? Elle savait d'avance que coucher avec Leo serait différent de ce qu'elle avait connu – d'autant qu'elle n'avait qu'un seul et unique élément de comparaison.

Mais elle ne s'était pas attendue à ce que leur étreinte dépasse le simple échange de fluides. Or, c'était le cas. En plus des orgasmes fabuleux qu'il lui avait offerts, Juno avait partagé avec lui une merveilleuse intimité.

— Hé, qu'est-ce qui ne va pas, Jade ? murmura-t-il.

Le fait de s'entendre appeler par le prénom de sa sœur la rendit encore plus vulnérable.

Leo se retira et lui caressa la joue en plissant le front.

— Je t'ai fait mal ?

Incapable de prononcer un mot, Juno secoua la tête. Jamais elle n'aurait imaginé que le sexe puisse être aussi… bouleversant.

À présent, elle devait assumer les conséquences de son irresponsabilité. Elle avait toujours été impulsive et en avait payé le prix. Mais cette fois, elle était allée trop loin.

— Parle-moi, Jade, insista-t-il. Dis-moi ce qui ne va pas.

— Je… Je…

La tendresse et l'inquiétude colorant la voix de Leo redoublèrent la honte qui l'avait envahie. Elle lui avait menti, se convainquant que ce n'était pas grave, mais maintenant elle comprenait son erreur.

— Je vais bien, je t'assure, dit-elle avec effort.

Repoussant sa main, elle s'écarta de lui. Elle avait besoin de réfléchir, de trouver un moyen de lui dire la vérité.

Il n'avait pas utilisé de préservatif, réalisa soudain Juno.

Pas maintenant. Elle songerait à cela plus tard. Après qu'elle lui aurait dit qui elle était.

Mais lorsqu'elle voulut descendre du lit, il la retint par le bras.

— Non, tu ne vas pas bien, Jade. C'est évident.

Cesse de m'appeler comme ça, je t'en supplie. Je ne suis pas Jade. Je suis Juno.

— Si je t'ai fait mal, si j'ai été trop brutal, il faut que tu me le dises.

— Tu ne m'as pas fait mal, Leo. C'était… fabuleux. C'est juste que je n'avais encore jamais eu d'orgasme en faisant l'amour et que…

Elle s'interrompit, les joues en feu. Mais *pourquoi* lui avoir dit cela ?

— Comment cela ? demanda-t-il, l'air surpris. Je n'étais pas le premier, si je comprends bien ?

— Oui. Enfin… non. Il y a eu un autre homme, un seul. Enfin, un garçon, plutôt. J'avais seize ans et j'étais au lycée.

— Mais tu n'as pas eu d'orgasme ? répliqua-t-il avec un léger sourire au coin des lèvres.

— Il avait parié avec ses copains qu'il réussirait à déflorer une princesse.

Juno se força à lui raconter cette soirée lamentable dont elle était ressortie insatisfaite et l'ego en miettes. Brad s'était vanté bien sûr d'avoir gagné son pari, mais en ajoutant qu'en fait la princesse n'était vraiment pas « un bon coup ». Et le lendemain, elle avait dû essuyer les ricanements et les regards de mépris. Alors qu'elle n'avait rien fait de mal. C'était Brad, le salaud. Le nul.

— Après cette expérience, je m'étais dit qu'on surestimait le sexe et je croyais que ce serait toujours pareil…

Le sourire de Leo se fit plus sensuel.

— Ce type était un crétin, Jade, murmura-t-il. Je suis content d'être le premier à t'avoir fait découvrir le plaisir.

Juno ne voulait pas qu'il soit si bienveillant. Elle ne le méritait pas.

— Et je suis content de ne pas t'avoir fait mal, ajouta Leo avec la même gentillesse.

Il la dévisagea un instant en silence.

— Quand es-tu allée au lycée ? J'avais toujours pensé que tu étais scolarisée à domicile, comme moi.

Dis-le-lui. Maintenant.

Mais aucun son ne franchit ses lèvres. La tête lui tournait, son cœur battait trop vite, trop fort.

Leo se rapprocha et s'assit à côté d'elle sur le bord du lit. La sensation de sa hanche nue contre la sienne fit tressaillir Juno.

— Respire, murmura-t-il en lui massant le dos.

Réconfortée par la voix grave et profonde, elle se força à inhaler et à exhaler lentement.

— Excuse-moi…

Elle baissa la tête et se prit le visage entre les mains.

— Je… C'est vraiment embarrassant.

— Embarrassant ? répliqua Leo avec un petit rire rauque.

Doucement, il lui repoussa une mèche derrière l'oreille.

— Je trouve cela plutôt fascinant et charmant, murmura-t-il. Tu ne cesses de me surprendre, Jade.

S'il savait…

— Je suis désolée, Leo.

Que dire d'autre ? La vérité. Comme elle aurait dû le faire dès qu'ils s'étaient embrassés sur le balcon, à Monrova.

Je ne suis pas Jade, mais Juno. Je suis allée au lycée à New York. Parce que je ne suis pas une reine. Je ne suis rien.

— Ne sois pas désolée.

Elle tourna la tête vers lui et vit qu'il lui souriait, avec une telle sensualité que son cœur bondit dans sa poitrine.

— Moi, je ne le suis pas, poursuivit-il. En fait, c'est moi qui devrais m'excuser.

La sincérité qui se lisait dans les yeux bleus la fit tressaillir.

— Je n'ai pas utilisé de préservatif. Et je ne t'ai pas demandé si tu avais un moyen de contraception. C'est le cas ?

— Euh… Non, mais je suis en fin de cycle, chuchota Juno, au supplice.

— Nous n'avons peut-être pas besoin de nous inquiéter, de toute façon, répliqua-t-il en souriant de nouveau. Après les instants délicieux que nous venons de partager, ma proposition de mariage est encore plus d'actualité.

Leo la prit par les hanches et l'attira à lui, puis l'embrassa à la naissance du cou, là où son pouls battait comme un fou.

Elle frémit, laissant échapper un soupir.

Le plaisir se répandait dans son ventre, dans son sexe.

— Que dirais-tu de rester à Severene pour discuter tranquillement de la suite ? murmura-t-il contre ses lèvres.

Nous pourrions aller nous installer dans le chalet de mon père. C'est un endroit isolé, il n'y a personne alentour, et cela nous permettrait de nous connaître un peu mieux.

Lorsqu'il la regarda en haussant les sourcils d'un air interrogateur, elle eut envie de pleurer.

C'était si tentant mais, hélas, impossible.

Juno posa la paume sur le torse musclé.

— Non, Leo. Nous ne pouvons pas.

— Ah ? Vraiment ? fit-il d'un ton moqueur.

— Nous ne pouvons pas nous marier.

— Pourquoi cela ?

Mon Dieu, quand il lui souriait ainsi, elle fondait tout entière !

— Nous nous entendons à merveille – notamment au lit, poursuivit-il. C'est le plus important, non ?

— Je vais prendre une douche.

Une douche glacée, qui lui remettrait les idées en place.

— Tu veux que je t'accompagne ? demanda-t-il de cette voix sexy qui lui donnait envie de dire *oui*.

— La prochaine fois, peut-être.

Sur ces paroles, Juno se leva à la hâte et se dirigea vers la salle de bains.

Le cœur battant à tout rompre, elle referma la porte et s'y adossa.

En plus d'être menteuse, elle était lâche…

La porte se mit à trembler contre son dos, la faisant sursauter.

— Que se passe-t-il, Jade ? Je peux entrer ?

— Non, ce n'est rien. Je te rejoins dans deux minutes.

Dès qu'elle saurait comment justifier sa conduite injustifiable.

8.

Leo s'appuya le front contre la porte de la salle de bains et entendit l'eau couler dans la douche.

Jade l'avait repoussé.

Elle était plus capricieuse qu'un poulain sauvage et ne cessait décidément de le surprendre. Mais quelque chose clochait. Depuis le début. Depuis l'instant où il l'avait vue s'avancer vers lui le soir du Bal d'hiver, une semaine plus tôt, les beaux yeux verts luisant d'un éclat effronté et hardi.

Sur le moment, et durant les jours qui avaient suivi, il avait ignoré son instinct parce qu'il la désirait plus qu'il n'avait jamais désiré aucune autre femme. Elle le fascinait, l'ensorcelait, et l'étreinte qu'ils venaient de vivre avait été… époustouflante.

Il n'avait jamais rien ressenti de tel… L'expérience avait été si intense qu'il en avait oublié d'utiliser un préservatif. Il en avait deux dans la poche de sa veste, mais quand il avait vu le corps de Jade trembler de plaisir, l'urgence de s'enfouir en elle l'avait aveuglé, au mépris de toute prudence.

Tout innocente et inexpérimentée qu'elle était, Jade avait réagi à la moindre caresse, au moindre regard. Mais elle avait beau être novice en matière de sexe, il n'avait pas été son premier amant.

Les questions continuaient d'affluer dans son esprit. Leo repensa aux incohérences, aux surprises, à l'étrange sentiment de déjà-vu qu'il avait eu la première fois qu'il l'avait embrassée.

Pourquoi avait-elle paru si naïve et inquiète concernant son rôle de souveraine ? Pourquoi s'était-elle montrée aussi irrespectueuse des conventions dans son approche de ses devoirs royaux alors que, lors de leurs précédentes rencontres, elle avait paru y être aussi attachée que lui ? Pourquoi avait-elle fait naître en lui un désir immédiat alors que, jusque-là, il n'avait jamais été attiré par elle ? Et lui, pourquoi s'était-il confié aussi facilement à elle, lui parlant de ce qui s'était passé le jour des funérailles de sa mère ? Et pourquoi toute allusion à leur mariage effrayait-elle autant Jade, alors qu'elle avait paru considérer sa proposition d'un œil favorable moins d'un mois plus tôt ?

Toutes ces questions, Leo les avait esquivées. Mais à présent, elles revenaient en force et il lui fallait des réponses.

Il se rhabilla à la hâte, puis revint vers la porte de la salle de bains et tourna la poignée.

La porte n'était pas verrouillée.

Il franchit le seuil et s'immobilisa.

Jade était dans la cabine de douche, de dos.

Après avoir refermé la porte sans bruit, il s'y adossa et, les mains enfoncées dans les poches, la regarda étaler la mousse sur ses courbes affolantes, avec le sentiment étrange qu'il pourrait passer le reste de sa vie à contempler cette vision délectable chaque jour.

Alors qu'il n'était pas fait pour ce genre d'engagement, il souhaitait concrétiser ce mariage, pas seulement à cause des avantages diplomatiques et financiers que comportait une telle union, mais également parce que celle-ci ne lui demanderait pas davantage que ce qu'il était capable de donner.

Or, les événements récents semblaient avoir contredit ses prévisions. Jade l'intriguait et le fascinait tant qu'il s'investissait un peu trop pour la convaincre d'accepter sa proposition.

Quand elle leva les bras pour achever de se rincer les

cheveux, Leo se força à bannir les images torrides qui défilaient dans son esprit.

Et soudain, il revit l'expression de panique qui avait envahi les traits de Jade lorsqu'elle avait déclaré qu'elle ne pouvait pas l'épouser.

Pourquoi ce refus aussi obstiné qu'incompréhensible ?

Elle ferma le robinet, tendit le bras vers la pile de serviettes et en prit une. Quand elle se pencha pour s'essuyer les jambes, le regard de Leo fut attiré par une marque sur sa hanche qu'il n'avait pas remarquée dans la semi-pénombre de la chambre.

Une tache de naissance ? Non, un tatouage… À moitié effacé, et représentant une licorne…

Comment avait-elle pu se faire faire un tatouage à l'insu du roi Andreas ?

« J'aime les licornes, elles sont un symbole de magie et de liberté. Je crois que je m'en ferai tatouer une dès que je serai majeure. »

C'est alors que le ton passionné d'une jeune princesse resurgit du plus profond de sa mémoire. La vérité le frappa d'un coup, avec une telle force qu'il en eut le souffle coupé.

Elle se retourna d'un mouvement vif, laissa échapper un halètement choqué et serra la serviette contre sa poitrine.

— Leo ? Depuis combien de temps es-tu là ?

Bouillant de rage, il traversa la salle de bains. Elle l'avait trompé !

— Depuis suffisamment longtemps.

Fou de rage, il lui saisit le poignet et l'attira vers lui, avide de voir de près la preuve de sa duplicité.

Lui arrachant la serviette des mains, il se pencha et retint un juron, excité malgré lui par la vision du postérieur aux adorables rondeurs.

— Arrête, Leo ! protesta-t-elle en se dégageant, l'air indigné.

Mais elle ne put dissimuler la rougeur coupable qui

envahissait sa gorge et son cou. Ni la peur qui assombrissait ses yeux d'émeraude.

À présent, il comprenait tout.

Serrant les poings, il les enfonça dans ses poches avant de se ridiculiser.

— Pourquoi ? demanda-t-il avec effort.

Il refoula la douleur humiliante qui lui étreignait la poitrine et se concentra sur la fureur qui menaçait de le submerger. Il lui avait dit des choses qu'il n'aurait jamais dû dire à personne. Elle l'avait trompé, manipulé, elle lui avait menti. Et il l'avait laissée faire.

— Pourquoi as-tu fait cela ? Pourquoi m'as-tu menti pendant ces sept jours ? S'agit-il d'un jeu pervers ? D'un pari ?

« Embrasse-moi, Leo. Tu en meurs d'envie. »

Le souvenir resurgit, et il revit la souffrance assombrissant les yeux de Juno quand il l'avait éconduite.

— Tu l'as fait pour te venger, c'est cela ? Parce que j'ai refusé de t'embrasser il y a huit ans ? Eh bien, félicitations, tu as réussi ton coup, Juno.

La culpabilité qui envahit les yeux verts l'emplit de satisfaction, mais n'apaisa pas la souffrance qui lui nouait la poitrine.

C'était un mensonge. Tout était faux. Il avait été fasciné, enchanté, charmé… Alors qu'elle se moquait de lui depuis le début.

— Je… Je suis désolée, murmura Juno, la gorge nouée.

Rien de ce qu'elle pourrait dire n'apaiserait la colère de Leo.

Il la regarda en plissant les yeux.

— Tu es désolée ? lança-t-il d'un ton mordant. Tu as toujours été une gamine insupportable, mais là… Je doute carrément de ton équilibre mental !

L'insulte la frappa en plein cœur.

— Je sais que j'aurais dû te le dire plus tôt.

Juno ramassa la serviette et s'en enveloppa, mais cela ne la protégerait pas de la colère de Leo, ni ne l'immuniserait contre son jugement. Quant à l'immense gouffre qui s'ouvrait dans sa poitrine, menaçant d'absorber le peu d'assurance et d'estime de soi qu'il lui restait…

Elle méritait sa colère et son mépris, elle le savait parfaitement. Elle lui avait menti, c'est vrai. Mais ce qu'ils avaient vécu n'était-il pas réel ? N'avaient-ils rien partagé d'authentique ? Où était passé l'homme qui lui avait apporté son soutien, qui l'avait contemplée avec un tel désir, une telle tendresse ?

— Je voulais te le dire, mais je craignais que tu… que tu…

— Que je *quoi* ? tonna-t-il en bombant le torse. *Réponds !*

— Que tu cesserais de me désirer…, dit-elle dans un sanglot étouffé. Autant que je te désirais.

Parce que, pour elle, il ne s'était jamais agi uniquement de désir physique, réalisa soudain Juno.

— Ce n'était pas toi que je désirais, de toute façon, rétorqua-t-il avec dédain. C'était ta sœur.

Le rejet lui lacéra le cœur, faisant s'écrouler ses ultimes défenses.

Elle baissa la tête, honteuse et terrassée par le chagrin.

— Je sais, acquiesça-t-elle d'une voix à peine audible.

Qu'avait-elle cru ? Comment avait-elle pu espérer qu'il éprouve quoi que ce soit d'authentique pour elle alors que leur relation était fondée sur un mensonge ?

— Tu te rends compte de ce que tu as fait ? lança-t-il d'une voix dure.

— Oui, et je suis désolée, répéta-t-elle une fois de plus.

Il lui prit le menton pour la forcer à le regarder.

— Être désolée ne suffit pas, déclara-t-il sèchement.

— Je sais, murmura Juno. Et je comprends que tu me haïsses, désormais.

Si seulement ! Si seulement il avait pu la haïr à tout jamais.

Juno Monroyale avait créé cette situation impossible et elle ne s'en sortirait pas impunément. Mais il ne la haïssait pas. Comment l'aurait-il pu, après l'avoir tenue si vibrante, si vivante et envoûtante dans ses bras ? Comment la bannir de sa vie alors qu'il continuait de la désirer comme un fou ? Et qu'une partie de lui-même refusait de croire que la femme qui l'avait charmé, enchanté, ait pu ne pas être celle qu'il croyait ?

Leo la revit prenant la défense du jeune valet de pied frigorifié. S'accroupissant devant la petite fille qui lui tendait son dessin. Il repensa au moment où elle avait manifesté de la compassion pour l'enfant solitaire et triste qu'il avait été. Et qui existait toujours en lui.

Mais comment concilier ces différentes versions de Juno avec l'adolescente effrontée et égoïste d'autrefois ?

Alors que Jade restait à Monrova et était formée à son futur rôle de reine, sa jumelle – d'après ce qu'il avait lu dans la presse - avait préféré aller s'installer chez sa mère à New York, où toutes deux avaient mené la grande vie. Ensuite, toujours aussi creuse et superficielle, Juno s'était réinventée en princesse rebelle sur les réseaux sociaux.

Il était peut-être temps qu'elle assume les conséquences de ses actes. Qu'elle comprenne le sens de l'honneur et du devoir, et se rende compte que le fait d'avoir du sang royal conférait des responsabilités.

Personne ne le savait mieux que lui. Ces notions avaient été littéralement *gravées* dans sa chair par son père. Et il ne permettrait pas que la mauvaise plaisanterie de Juno Monroyale ait des effets durables sur lui ou la monarchie. Par conséquent, cette histoire devait rester entre eux, coûte que coûte.

— Où est ta sœur ? demanda-t-il avec hauteur.

— À New York, où elle se fait passer pour moi.

— Ah, parce qu'elle était complice ?

À vrai dire, il ne savait pas trop si l'implication de Jade le rendait encore plus furieux ou si c'était l'inverse.

— Et qui a eu l'idée de cette charmante supercherie ?

— Moi.

— Je suis très étonné…

— Nous avons échangé nos identités juste avant le Bal d'hiver. Ce n'était pas prémédité, l'idée m'est venue tout à coup. Le but était de donner à Jade l'opportunité de réfléchir à ce qu'elle voulait… De savoir si elle désirait vraiment s'engager dans ce projet de mariage avec toi.

— Très drôle ! Et de ton côté, tu t'offrais l'occasion de coucher avec moi, c'est cela ? riposta-t-il, cynique.

En réalité, la rage l'étouffait. Comment avait-il pu se laisser avoir ainsi ? Pourquoi ne l'avait-il pas questionnée lorsque son comportement ne cadrait pas avec la personnalité de Jade ?

Parce qu'il était fou d'elle.

— Non, je n'ai pas pensé à cela un seul instant, murmura-t-elle, l'air sincèrement choqué. Je ne… Je ne m'attendais pas à ce que nous soyons attirés l'un par l'autre, ni à ce que nous nous entendions aussi bien.

Sa rage diminua d'un cran. Mais l'aveu de Juno ne résolvait pas leur problème. Il n'avait plus confiance en elle. Et la seule chose qui lui importait, désormais, c'était de faire en sorte que cet imbroglio ne se transforme pas en scandale médiatique.

— Quelqu'un d'autre que Jade est au courant ?

Elle secoua la tête.

— Tu en es sûre ? Comment as-tu réussi à cacher cela à Garland, et au reste du personnel ?

— Les gens voient ce qu'ils veulent bien voir, je suppose, répondit-elle en rougissant.

En effet…

— Il faut que tu t'en ailles, j'ai besoin de réfléchir.

Juno déglutit avec peine.

— D'accord. Tu veux bien rester ici pendant que je m'habille avant de regagner ma suite ?

— OK. Je te dirai ce que j'ai décidé demain matin.

Après avoir acquiescé d'un hochement de tête, elle passa devant lui, les yeux baissés, tandis qu'il s'interdisait de la toucher.

Elle ouvrit la porte et se retourna.

— Je suis sincèrement désolée. Ce n'était pas censé devenir aussi compliqué. Je voulais juste donner une chance à Jade de vivre une vie normale, ne serait-ce que pendant une brève période.

Une vie normale ? Qu'entendait-elle par là ? Comment Jade, et même Juno, pourraient-elles avoir une vie *normale*, puisqu'elles étaient des princesses royales ?

Mais il ne lui posa pas la question. Ils auraient tout le loisir de parler de cela le lendemain. Dans l'immédiat, il se sentait trop… vulnérable. À vif.

— Va te rhabiller, se contenta-t-il de répliquer.

Elle sortit de la salle de bains et referma la porte derrière elle. Il l'entendit bouger, puis, soudain, ce fut le silence.

Leo prit une douche, mais l'eau froide ne parvint pas à apaiser le tumulte qui régnait en lui. Ni à chasser l'impatience qui le taraudait déjà de revoir Juno le lendemain matin.

9.

— Tu ne parles pas sérieusement ? demanda Juno en le dévisageant avec stupeur.

— J'ai l'air de plaisanter ? rétorqua Leo d'un ton brutal, comme s'il s'adressait à une enfant récalcitrante.

Après l'avoir fait venir dans son bureau de bonne heure, il paraissait de moins en moins enclin à la plaisanterie, en effet. De son côté, Juno avait passé presque toute la nuit éveillée, dévorée par l'anxiété. Qu'allait-il faire ? Il pourrait décider de la punir, ainsi que Jade…

Mais de tous les scénarios qu'elle avait imaginés, celui-ci était le pire.

— Mais… pourquoi ? Pourquoi voudrais-tu passer sept jours seul avec moi dans un chalet isolé ? Je croyais que tu…

— Parce que c'est le seul moyen de régler nos problèmes, l'interrompit-il sèchement. Je veux que tu disparaisses de la scène publique jusqu'au retour de ta sœur. À ce moment-là, vous pourrez reprendre vos rôles respectifs.

Il avait les yeux cernés, et il ne s'était pas rasé. Il n'avait pas beaucoup dormi non plus, apparemment. En jean anthracite et pull noir moulant son corps musclé, il était plus sexy que jamais.

— Je peux me cacher à Monrova jusqu'à ce que Jade revienne, avança Juno.

Impossible de passer sept jours et sept nuits seule avec lui dans un chalet isolé !

— Jade n'avait aucun engagement public prévu après Noël – c'est d'ailleurs pour cela que nous avons pu échanger nos rôles sans difficulté.

— Si tu insinues par là que j'ai mis en péril votre petite combine en te persuadant de m'accompagner à Severene, tu ferais mieux de trouver autre chose ! répliqua-t-il en plissant les yeux d'un air menaçant.

— En me « persuadant » ? Tu as fait alliance avec Garland et tu m'as quasiment enlevée !

— Je te rappelle que je pensais enlever une reine, pas sa jumelle ! Si tu avais daigné me dire la vérité, je n'aurais vu aucun intérêt à m'encombrer d'une soi-disant princesse rebelle.

— Très bien. Si je rentre à Monrova maintenant, je pourrai sans problème rester invisible jusqu'au retour de Jade. Et tu n'auras pas à t'inquiéter, personne ne découvrira…

— Tu oublies que ce n'est pas notre seul problème, l'interrompit-il de nouveau. Je n'ai pas utilisé de préservatif, hier soir.

Lorsqu'il baissa les yeux sur son buste, Juno referma les bras sur elle.

— D'après la recherche que j'ai effectuée sur Internet cette nuit, poursuivit Leo, il faut attendre sept jours avant de faire un test de grossesse pour être sûr de la fiabilité du résultat.

— Très bien, acquiesça Juno.

Elle ne serait pas enceinte. Elle en était certaine. Mais on ne savait jamais…

— Je pourrais faire un test à Monrova dans une semaine et te communiquer le résultat.

— Non, cela ne me convient pas, décréta-t-il, péremptoire. Même en imaginant que tu parviennes à te procurer un test sans que les médecins du palais s'aperçoivent que tu n'es pas leur reine, t'attends-tu à ce que je te croie capable de t'en occuper ?

Décidément, il ne lui épargnerait aucune humiliation.

— Autrement dit, enchaîna-t-il sans même lui laisser le temps de répondre, je ne te laisserai pas t'éloigner de moi tant que le test ne sera pas effectué dans les conditions choisies par moi.

La dureté du ton de Leo lui fit mal, ravivant ses anciennes blessures.

— Mais que ferions-nous ? Pendant sept jours, seuls dans un chalet isolé ? Alors que tu peux à peine supporter de m'adresser la parole ? s'exclama Juno, gagnée par le désespoir.

Elle ne survivrait pas à une semaine de mépris, de reproches et d'insultes à peine voilées. Elle ne supporterait pas que Leo la traite comme son père l'avait fait autrefois. Elle en aurait le cœur brisé.

Leo la dévisagea un instant en silence, puis, au grand étonnement de Juno, un sourire sensuel se dessina sur ses lèvres.

— Je vois plusieurs façons de passer le temps de manière agréable et qui ne requièrent pas l'usage de la parole.

— Pardon ?

La chaleur lui envahit les joues.

— Tu ne… Tu n'es pas sérieux ? Tu as encore envie de moi ? Alors que tu me détestes ?

— Je ne te déteste pas, hélas.

— Ah, merci beaucoup !

Mieux valait se concentrer sur l'indignation plutôt que sur les sensations voluptueuses qui s'insinuaient en elle.

— Tu serais libre d'accepter ou de refuser, naturellement, répliqua-t-il avec un haussement d'épaules. Mais je ne vois pas pourquoi nous ne profiterions pas de ce petit séjour pour explorer le désir que nous ressentons l'un pour l'autre. Ça, au moins, c'est bien réel !

— Pourquoi n'as-tu pas utilisé de préservatif ?

Un petit muscle tressaillit sur la mâchoire non rasée.

— Tu l'as fait exprès ? Dans l'espoir que je tomberais enceinte afin de pouvoir me forcer à t'épouser, pensant que tu avais affaire à Jade ?

Cette supposition était si monstrueuse que Juno n'y croyait pas elle-même. Cependant, Leo était un homme prudent, méfiant. Alors, comment expliquer cet « oubli » ?

Une expression coupable traversa ses traits virils et il raidit les épaules de façon visible.

— Non. Dès l'instant où j'ai posé les mains sur toi, je n'ai plus réfléchi à rien. Je ne ferais jamais une chose aussi…

Il s'interrompit brusquement et fronça les sourcils. Puis laissa échapper un juron étouffé.

— Tu as raison, dit-il.

— Comment cela, j'ai raison ?

— Je ne m'attendais pas non plus à la passion qui nous a submergés et nous a fait oublier toute prudence, reconnut-il avec réticence.

Une minuscule lueur d'espoir naquit dans le cœur de Juno, qui fut aussitôt envahie d'un immense soulagement.

Il ne la haïssait peut-être pas complètement, au fond.

Mais pas question de se faire des illusions. Leo avait été attiré par elle parce qu'il la prenait pour la reine de Monrova. Et s'il lui proposait cette semaine de liberté loin du monde, c'était uniquement pour s'assurer qu'elle ferait bien son test de grossesse et pour vérifier par lui-même qu'elle n'était pas enceinte.

— D'accord, j'accepte de passer une semaine avec toi.

L'espace d'un bref instant, il eut l'air surpris, puis il éclata de rire. D'un rire profond et sensuel qui fit frémir Juno.

— À t'entendre, on croirait que je te laissais le choix, princesse, dit-il lentement.

Il fallait toujours qu'il ait le dernier mot. Mais il lui avait bel et bien laissé le choix : elle serait libre d'accepter ou de refuser de coucher avec lui.

Et cette fois, elle avait bien l'intention de s'en tenir à une règle très simple : le plaisir, sans limites.

Et pas de sentiments.

10.

Leo atterrit sur la petite piste circulaire aménagée à proximité du chalet.

Les lampes du porche avaient été allumées selon ses instructions, éclairant le jacuzzi installé sur une plate-forme à l'abri des arbres et préparé comme il l'avait demandé.

Il coupa le moteur puis tourna les yeux vers Juno, assise à côté de lui dans la cabine de l'hélicoptère et dont le corps ravissant disparaissait sous un gros anorak violet.

Depuis leur discussion matinale, ils n'avaient pas échangé beaucoup de paroles. Mais maintenant, alors qu'il attendait que les pales s'immobilisent, Leo s'interrogea de nouveau sur sa décision de l'amener là.

Tous les arguments qu'il lui avait donnés étaient valables. Enfin, *assez* valables. Mais si le but de ce voyage était de limiter les risques de scandale et de s'assurer que Juno réalise bien un test de grossesse, qu'est-ce qui lui avait pris de parler de sexe ?

Il avait cédé à une impulsion, au lieu de réfléchir et de suivre la voie de la raison. Or il n'était pas impulsif. Ou, du moins, il ne l'était pas avant de rencontrer Juno Monroyale.

En rester à la colère aurait été plus prudent. Mais dès qu'il avait vu les yeux verts briller de cet éclat, ô combien révélateur, Leo avait décidé de satisfaire ses instincts les plus primaires.

Le crépuscule assombrissait l'horizon, les étoiles s'allumaient déjà au-dessus de la forêt. Après une nuit quasiment sans sommeil, il aurait dû être épuisé. Mais plus il songeait aux sept longues journées et nuits qu'il allait passer seul avec elle, plus il se sentait vivant et alerte.

Juno ôta son casque.

— Cet endroit est incroyable ! dit-elle avec un sourire timide.

De toute évidence, elle se sentait aussi déroutée que lui. Mais il ne s'y trompa pas. Il savait maintenant qu'elle était encore plus audacieuse que lui. Par conséquent, il devait garder le contrôle de la situation.

— Que c'est beau ! murmura-t-elle. Je n'avais jamais réalisé à quel point mon pays me manquait avant d'y revenir.

— Depuis quand n'étais-tu pas venue à Monrova ?

— Depuis le jour où mon père m'a fichue à la porte à seize ans, pour avoir attenté à la pudeur d'un monarque, dit-elle avec humour.

Mais aussi avec tristesse, remarqua Leo.

Ainsi, il avait été, bien malgré lui, la cause de son éloignement.

— Comment ton père l'a-t-il appris ?

— Ce n'est pas toi qui le lui as dit ?

— Certainement pas. J'ai l'air d'un mouchard ?

— Non, pas vraiment, Majesté, répliqua-t-elle avec un sourire furtif.

Leo se mit à rire. En fait, il riait souvent, et de bon cœur, depuis qu'il connaissait Juno, réalisa-t-il soudain.

— Nous ferions bien d'aller nous réchauffer devant le feu, dit-il en ôtant à son tour son casque.

Après avoir sauté à terre, il empoigna leurs bagages puis aida Juno à descendre.

S'avançant derrière elle sur le sentier qui avait été déblayé mais était déjà recouvert d'une épaisse couche de neige, il entendit le craquement de leurs pas résonner dans le silence.

Juno pénétra dans le chalet tandis que lui s'arrêtait sur le seuil, horrifié.

Qui était le responsable ? Il le congédierait dès son retour.

— Oh…, murmura Juno en regardant autour d'elle d'un air émerveillé.

Sa joie manifeste dissipa en partie la sensation de froid qui avait envahi Leo. Il contempla le feu qui brûlait dans la cheminée, les branches de houx disposées sur le manteau, l'immense sapin trônant dans un coin de la pièce, scintillant de guirlandes électriques et de rubans rouges et dorés assortis à ceux qui ornaient les murs lambrissés.

Le rire mélodieux de Juno résonna dans la pièce, achevant de le réchauffer.

— C'est magnifique, non ? s'exclama-t-elle avant de virevolter sur elle-même. Je ne savais pas que tu étais un fan de Noël !

— Non, ce n'est pas le cas, répliqua-t-il en posant son sac de voyage et la valise de Juno sur le tapis. Et je n'avais pas demandé de décoration spéciale.

— Ah…

Le sourire heureux disparut, et Leo s'en voulut d'avoir gâché sa joie. Avant de se traiter d'imbécile. Qu'avait-il à faire des états d'âme de cette femme ?

— Tu as faim ? enchaîna-t-elle. Je peux nous préparer à dîner ? J'ai travaillé comme aide-cuisinière pour une société d'événementiel il n'y a pas longtemps. Je suis assez douée.

Il la regarda en fronçant les sourcils. Pourquoi avait-elle dû travailler ?

— Vas-y, sers-toi. Tu devrais trouver de quoi te préparer quelque chose dans le réfrigérateur. J'ai déjà dîné, ajouta-t-il.

Pas question de l'interroger maintenant. Il devait d'abord contrôler les émotions qui lui nouaient la poitrine.

— Quelque chose ne va pas, Leo ?

— Non, tout va bien, répliqua-t-il d'un ton brusque.

Il refusa de culpabiliser. Ils étaient venus au chalet pour y passer sept jours, puis s'en aller et ne jamais se revoir.

— J'ai du travail, reprit Leo en soulevant son sac. Je

m'installe dans la chambre du fond. Prends la grande, c'est la première porte dans le couloir. Tu veux que j'y dépose ta valise ?

— Non, ça ira, répondit-elle d'un ton neutre.

— On se revoit demain, alors ?

Il résisterait au désir de la toucher, juste pour se prouver qu'il en était capable. Quoi qu'il se passe durant ces sept jours, ce serait lui qui mènerait le jeu. Pas elle.

Le lendemain matin, Juno se réveilla entourée d'un océan de blancheur. Dehors, la neige tombait à gros flocons, recouvrant les arbres d'un manteau immaculé.

Elle avait bien fait de ne pas tirer les rideaux. Dans le Queens, elle n'avait jamais droit à un tel spectacle, et cela lui avait manqué.

Après avoir pris une douche, elle enfila des vêtements chauds, se prépara du café dans la cuisine ultramoderne, puis se dirigea vers le salon.

Vers minuit, elle avait entendu Leo quitter sa chambre et se rendre à la cuisine pour se préparer une collation, mais s'était interdit d'aller le rejoindre.

Quelque chose l'avait effrayé à leur arrivée. On aurait dit qu'il avait vu un fantôme. Sa réaction avait-elle été causée par les décorations de Noël ? Cela avait-il un rapport avec la mort de sa mère ?

Cependant, Juno avait préféré ne pas l'interroger. Elle n'allait tout de même pas déroger à sa sacro-sainte règle dès le premier soir !

Elle ralluma la guirlande électrique du sapin, s'installa sur le sofa pour boire son café, puis alla rincer sa tasse dans la cuisine. Ensuite, elle sortit et s'arrêta un instant pour inhaler l'air pur sentant bon le pin et savourer la paix qui régnait alentour. Il y avait quelque chose de… magique dans l'atmosphère.

Se penchant, elle ramassa de la neige et en fit une boule qu'elle commença à rouler sur le sentier. Elle n'avait pas fait de bonhomme de neige depuis ses huit ans, à l'époque où elle vivait encore à Monrova avec sa sœur. Elles s'échappaient du palais à la première occasion, pour fuir leur gouvernante envahissante et leurs parents qui se disputaient sans cesse. Mais elles étaient loin d'imaginer que c'était le dernier Noël qu'elles passeraient ensemble. Et leur dernier bonhomme de neige.

Juno n'avait pas perdu la main.

— Celui-ci sera pour toi, Jade, chuchota-t-elle, redoublant d'ardeur.

Une demi-heure plus tard, elle avait les doigts et les orteils gourds, et le jean mouillé jusqu'aux genoux. Bonnet, écharpe et anorak avaient été ôtés depuis longtemps, parce que la chaleur du soleil lui faisait du bien.

Après avoir déposé une grosse boule sur la première, énorme et un peu informe, Juno planta une branche en plein milieu. Puis elle inclina la tête de côté pour admirer son chef-d'œuvre, ramassa son écharpe et la passa autour de ce qui était censé être le cou du bonhomme.

Elle recula pour avoir une vue d'ensemble.

— Qu'est-ce que c'est ?

Pivotant sur elle-même, elle aperçut Leo, immobile devant la porte, vêtu en tout et pour tout d'un pantalon de jogging, de boots en cuir, et d'un T-shirt.

Une chaleur délicieuse se répandit en elle. Les cheveux en désordre, le coton blanc moulant les puissants pectoraux, avec ce même air boudeur et impérieux que la veille au soir… Il était à croquer.

— Ça pourrait être toi, en fait ! lui cria Juno. Il a l'air presque aussi grognon.

Elle eut droit à un bref haussement de sourcils, avant qu'il ne reprenne aussitôt son expression boudeuse.

— J'ai faim. Tu pourrais venir me préparer le petit déjeuner ?

— Seulement si tu me le demandes gentiment.

— Cesse de me contrarier ! ordonna-t-il, comme s'il s'adressait à une employée.

Et encore. Il se montrait plus aimable avec le personnel…

— Prépare-le toi-même, ton petit déjeuner, rétorqua-t-elle aussitôt.

La veille, elle lui avait proposé de faire à dîner, mais maintenant, elle en avait plus qu'assez de son attitude hautaine et autoritaire.

— Qui est-ce qui boude, maintenant ? lança-t-il avant de se détourner pour rentrer dans le chalet.

Piquée au vif, Juno se pencha, fit une boule de neige et la lança vers lui de toutes ses forces.

À son grand étonnement, le projectile atteignit Leo à l'arrière du crâne.

Il se retourna lentement, les sourcils froncés et une lueur belliqueuse au fond des yeux.

— Tu as perdu l'esprit ?

Juno éclata de rire, ce fut plus fort qu'elle.

— Défends-toi ! riposta-t-elle avant de se pencher pour préparer ses munitions.

Erreur…

Lorsqu'elle se redressa, une boule glacée la frappa en pleine poitrine, trempant son T-shirt.

Leo s'avança vers elle, tout en faisant ses réserves de projectiles en chemin.

Juno poussa un cri et se réfugia derrière le bonhomme de neige, prête à résister à l'assaut.

Le combat dura dix minutes. Il y eut des cris, des courses-poursuites, des glissades, des chutes… Jusqu'à ce que Leo la soulève de terre et la fasse basculer sur son épaule.

— La bataille est terminée. Je te déclare vaincue, décréta-t-il en se dirigeant vers le chalet.

Ah… Tu crois ça…

Juno glissa sa dernière boule sous l'encolure du T-shirt trempé de Leo.

— Petite garce ! rugit-il en frissonnant violemment.

Il la fit couler contre lui et se pencha, prêt à la lâcher sans ménagement dans la neige, mais elle poussa de tels cris qu'il la serra contre lui et franchit le seuil en guerrier triomphant.

Le souffle court, ils se dévisagèrent un instant en silence, les yeux étincelants, puis Leo la laissa tomber sur le sofa.

— À présent, tu vas subir le châtiment que tu mérites, princesse.

Le cœur battant la chamade, Juno le vit baisser les yeux sur ses seins.

Le cœur lui cognant les côtes, Leo caressa ses seins à travers le coton mouillé. Il ne s'était pas trompé, elle ne portait pas de soutien-gorge…

Il la voulait nue, comme l'avant-veille. Après deux nuits peuplées de rêves érotiques dont il s'était réveillé horriblement frustré, il avait de quoi être grincheux, en effet. Mais il en avait assez de brider son désir. Maintenant qu'il avait montré qui était le maître, il pouvait enfin passer à l'action !

Se redressant, il souleva le pied gauche de Juno, en défit le bottillon, et répéta l'opération avec le droit. Ensuite, il ôta ses boots tandis qu'elle le regardait, les yeux brûlants.

Leo la souleva. Aussitôt, elle noua les bras autour de son cou, arrima les jambes autour de sa taille et enfouit le visage dans le creux de son épaule. Les lèvres douces effleurèrent sa peau, faisant battre le cœur à un rythme fou.

S'avançant à grands pas dans le couloir, il poussa la porte de la chambre qu'il avait attribuée à Juno et l'étendit sur le lit. Puis, sans échanger un mot, ils se déshabillèrent à la hâte.

Lorsqu'elle fit passer le T-shirt par-dessus sa tête et que

les seins nus jaillirent, la vue des pointes roses et dressées faillit avoir raison du contrôle de Leo.

Enfin, ils furent nus. Juno fixait sa puissante érection tandis que, les doigts tremblants, il sortait un préservatif de la poche de son jogging, déchirait le sachet et faisait glisser la protection sur son membre durci, conscient du regard de Juno sur lui.

Le regard rivé au sien, il la prit par les hanches et la fit glisser sous lui. Le désir qui brillait dans les magnifiques yeux verts était si intense, la sensation qui lui étreignait la poitrine si aiguë, qu'il fut soudain saisi d'un doute.

— Leo…

Il lui posa un doigt sur les lèvres.

— Non.

Lui soulevant les hanches, il la retourna doucement.

— Leo ? chuchota-t-elle, la voix tremblant d'excitation.

Quand il appuya son érection contre le sexe offert et en caressa l'orée, Juno fut parcourue par un violent frisson. Quand elle se mit à gémir de plaisir, il serra les mâchoires pour ne pas céder à la jouissance.

Mais lorsqu'il la sentit partir, il ne put attendre un instant de plus et la pénétra au plus profond. Très vite, l'orgasme les emporta tous les deux tandis qu'elle criait son nom. Leo ferma les yeux pour mieux savourer son exultation en la sentant vibrer tout entière.

Quant au plaisir qui le submergea, il était d'une telle intensité qu'il en fut ébloui.

Une plainte rauque franchit ses lèvres. Il s'accrocha au corps mince, ferma les yeux et se laissa sombrer dans l'abîme.

Immobile, allongée sur le ventre dans un état de total abandon, le corps chaud et moite de Leo alangui contre elle, Juno ferma les yeux pour conserver le plus longtemps possible la sensation de bonheur qui l'avait envahie.

Elle sentit Leo remuer, mais demeura immobile.

Heureusement qu'il l'avait empêchée de parler, de prononcer les mots qui s'étaient formés dans sa tête et qui continuaient d'y repasser en boucle.

— Viens, dit-il en descendant du lit.

Après s'être débarrassé du préservatif, il la prit dans ses bras et la passa sur son épaule.

— Qu'est-ce que tu… ? commença Juno en riant. Laisse-moi tranquille ! Je suis épuisée !

Ce n'était vrai qu'en partie, parce que le sexe lui faisait oublier tout le reste.

— Tant pis, répliqua-t-il. Maintenant, arrête de gigoter ou je vais te lâcher.

Juno posa les mains sur le dos puissant et redressa la tête.

— Où m'emmènes-tu ?

— Dehors.

— Quoi ?

Mais elle eut beau gigoter de plus belle et se mettre à crier, il ouvrit bientôt la porte donnant sur l'extérieur et s'avança dans la neige.

— Tu es fou ! Nous sommes tout nus…

Elle continua de se démener, de crier, mais Leo se contenta de rire et de la laisser tomber sans cérémonie dans un bain d'eau chaude bouillonnante.

Fermant les yeux, Juno se glissa sous les jets bienfaisants et se laissa aller aux sensations délicieuses qui se répandaient en elle. Lorsqu'elle rouvrit les yeux, Leo était assis à côté d'elle sur le banc de bois, la vapeur nimbant son beau visage d'une aura lumineuse et trouble.

Il avait l'air très content de lui…

— Espèce de salaud ! s'exclama-t-elle en frappant la surface de l'eau pour l'éclabousser.

— Hé, dit-il en lui saisissant le poignet pour l'attirer contre lui. Auriez-vous oublié que je suis le roi des Grincheux, princesse ?

Juno éclata de rire tandis qu'il la soulevait et l'installait à califourchon sur lui.

Les épaules hors de l'eau, elle frissonna dans l'air froid qui ne faisait qu'exacerber les sensations provoquées par la puissante érection pulsant contre son ventre.

— Je t'entends penser, murmura Leo en lui caressant la joue.

Doucement, il repoussa une mèche derrière son oreille.

— Arrête, Juno.

— Je peux te poser une question ? demanda-t-elle, heureuse de le voir aussi détendu.

— Non, pas de questions. Sauf si c'est pour me demander quand et où je te ferai l'amour la prochaine fois.

Une détermination farouche se lisait dans les yeux bleus, que Juno interpréta à sa façon.

Ils avaient six jours à eux. Six jours et six nuits pour explorer cette extraordinaire alchimie. Mais tout resserrement du lien qu'ils avaient créé au cours de la semaine passée était exclu. Sinon, elle souffrirait encore davantage au moment de la séparation.

S'interdisant tout regret, elle se força à se concentrer sur la chance qu'elle avait d'être là, dans cet endroit magnifique, avec un homme aussi sexy.

C'était Noël, ils avaient une semaine pour profiter de ce cadeau, et elle ne gâcherait pas ces instants magiques.

11.

Les jours suivants, Juno s'en tint scrupuleusement à la règle qu'elle s'était fixée et instaura une sorte de routine.

Elle préparait notamment tous les repas, parce qu'elle aimait cuisiner, surtout pour Leo, dont l'appétit s'avéra gargantuesque.

À table comme au lit.

Le sexe était une véritable révélation pour elle. Juno n'aurait jamais cru que son corps pourrait ressentir tant de plaisir… Chaque jour, son fabuleux amant se montrait plus doué, plus inventif, tandis que, de son côté, elle se découvrait une soif d'apprendre infinie et une imagination débridée qui la surprenaient sans cesse.

Cependant, plus elle désirait Leo, plus elle semblait le désirer. Mais en même temps, elle craignait les questions qui, elles aussi, ne faisaient que se multiplier dans son esprit.

Et plus elle les refoulait, plus elle était avide d'en connaître les réponses.

Pour s'empêcher de déroger à sa règle sacrée, Juno entraînait Leo dans des virées en motoneige dans la forêt, l'invitait à se prélasser devant le feu pour des soirées cosy, ou lui proposait des parties de cartes afin de ne pas être tentée de l'interroger pendant les périodes, jamais très longues, de répit entre deux étreintes.

Mais en dépit de cela, au moment où il quittait son lit chaque nuit pour rejoindre le sien, après leurs derniers ébats torrides, elle avait de plus en plus de mal à ne pas lui demander de rester. Et trouvait de plus en plus douloureux de se réveiller seule.

Elle savait néanmoins que cette séparation rituelle était nécessaire. Développer une quelconque intimité, autre que physique, aurait été un leurre. Aussi Juno s'efforçait-elle de chasser les questions qui la taraudaient sans répit, et d'ignorer le manque qui lui serrait la poitrine chaque matin au réveil.

S'activer était le meilleur remède. D'où la routine matinale : elle se levait, s'habillait, puis sortait pour aller faire un nouveau bonhomme de neige, ignorant le froid vif qui lui piquait le visage.

Mais il n'y avait plus de batailles de boules de neige, désormais. Et Juno croyait savoir pourquoi : Leo ne voulait pas risquer de lui donner à nouveau l'occasion d'exprimer ses sentiments. Et elle approuvait son attitude. C'était le meilleur et le plus sûr moyen d'éviter les complications.

Le matin de Noël arriva et elle acheva son dernier bonhomme de neige sans avoir vu Leo, alors que, d'ordinaire, il se levait aussi tôt qu'elle. Elle essaya de ne pas en être affectée. Il avait bien le droit de faire la grasse matinée, après tout ! Même si aujourd'hui était leur dernier jour ensemble. Et puis, elle avait prévu un repas dont la préparation l'occuperait une bonne partie de la journée. C'était parfait.

Une heure plus tard, alors qu'elle était en train de farcir la dinde, une voix de baryton fit naître un frisson au creux de ses reins en même temps que les bras musclés de Leo lui enserraient la taille.

— Qu'est-ce que c'est ? murmura-t-il en l'attirant contre lui.

— Notre dîner. Ça ne se voit pas ?

Tournant la tête, elle lui sourit et frissonna. Avec sa barbe d'une semaine, il était encore plus séduisant et viril.

Ils ne formaient peut-être pas un couple, mais était-ce mal de chérir ces moments d'intimité afin de s'en souvenir une fois qu'ils se seraient séparés ?

Leo soutint son regard en silence, l'air soudain triste.

Noël était un moment éprouvant pour lui. C'était ce jour-là que sa mère était morte. Mais cette fois, Juno ne le brusquerait pas. Elle ne lui poserait aucune question.

Après avoir écarté doucement les mains posées sur son ventre, elle sortit des œufs du réfrigérateur et des tranches de bacon.

— Et si tu nous préparais le petit déjeuner, ce matin ? proposa-t-elle en riant.

Il recula d'un pas.

— « Le petit déjeuner » ?

— Oui…

Juno fronça les sourcils devant l'expression déroutée de Leo, puis comprit.

— Tu ne sais pas faire une omelette au bacon, c'est cela ?

— « Faire une omelette au bacon » ? répéta-t-il, l'air épouvanté.

Jamais encore elle ne l'avait vu aussi désarçonné. Disparu, le roi arrogant et impérieux. Pieds nus, en caleçon, les cheveux ébouriffés, il surveillait les œufs et le bacon comme s'ils risquaient de le mordre.

— Je n'ai jamais rien cuisiné de ma vie, déclara-t-il, comme si c'était tout à fait normal.

— Même pas un œuf dur ?

— « Même pas un œuf dur », acquiesça-t-il sans hésitation.

Il posa les ingrédients sur le plan de travail.

— Pourquoi ne t'en occuperais-tu pas comme d'habitude, pendant que je te regarde faire ?

Lui prenant le poignet, il l'enlaça et glissa la main sous le peignoir de soie enfilé après la douche.

Juno se dégagea en riant.

— Bien tenté, Majesté ! Mais j'ai une meilleure idée. Tu t'en occupes pendant que je t'explique comment faire. Ce sera mon cadeau de Noël…

— C'est le plus beau Noël de ma vie, murmura Juno.

Elle posa ses pieds nus sur les genoux de Leo et étouffa un bâillement. Elle se sentait épuisée et avait mangé comme un ogre.

— Moi aussi, dit Leo.

La sincérité émanant des beaux yeux bleus lui fit chaud au cœur. Il avait baissé la garde. Une vive émotion lui étreignit la gorge, qu'elle repoussa impitoyablement.

Elle devait se contenter de ce qu'il lui offrait sans rien attendre de plus.

Comme il lui caressait sensuellement les pieds, elle protesta.

— Non. Je ne peux pas... Je suis exténuée...

Mais le désir montait déjà en elle, impossible à endiguer.

— J'ignorais que j'étais un fétichiste des pieds, mais les tiens sont adorables, princesse ! répliqua-t-il avec cet irrésistible petit rire sexy qui la faisait craquer à chaque fois.

Elle lui sourit, refusant de se laisser aller à la mélancolie.

Les vestiges du repas – dinde rôtie, pommes de terre cuites au four, légumes rissolés et vin rouge - traînaient encore sur la table basse. Après avoir passé l'après-midi et la soirée au lit, ils avaient festoyé en bavardant tranquillement.

Juno revit Leo en train d'apprendre à faire une omelette au bacon. Il était si mignon tandis qu'il surveillait la cuisson d'un air inquiet !

Elle refoula la tristesse qui l'envahissait soudain. Dans quelques heures, ils retourneraient au palais, et Leo reprendrait son rôle de monarque. Il le ferait de bon gré, parce qu'il assumait ses responsabilités. Il était ainsi fait. Imposant et impérieux, tendre et coquin, et loyal envers la Couronne. Mais il était aussi blessé, Juno le savait pour avoir subi les mêmes dommages : jamais personne ne l'avait aimée pour elle-même – sauf sa sœur.

L'affection et la reconnaissance de son père auraient nécessité sa soumission, et elle lui en avait voulu de choisir son devoir au détriment de sa famille. Or, étrangement, ces deux semaines avec Leo lui avaient permis de découvrir qu'elle n'était pas aussi nulle qu'elle le croyait. Elle avait joué son rôle de reine à la perfection ! Tout le monde y avait cru – le roi de Severene y compris.

Cette expérience l'avait aidée à faire la paix avec elle-même, à se débarrasser de ses vieux démons, et à prouver que son père s'était trompé à son égard.

Lorsque Jade lui avait dit, avant de partir pour New York, qu'elle devait accepter son passé, leur passé, et tout ce qu'elle avait vécu autrefois, Juno ne l'avait pas crue. Mais sa sœur avait raison.

Grâce à Leo, elle avait pu se rendre compte qu'elle était bel et bien la fille de son père, une femme qui méritait respect et considération.

Cela aurait dû lui suffire.

Hélas, elle ne s'en était pas contentée, et elle était tombée éperdument amoureuse de Leo. Comment le lui avouer, alors qu'elle savait que cet amour, aussi puissant soit-il, ne serait jamais réciproque ?

La perspective d'être à nouveau rejetée lui était insupportable. Elle n'y survivrait pas.

— Pourquoi as-tu travaillé comme aide-cuisinière ? demanda-t-il soudain en lui caressant les chevilles.

Le cœur de Juno s'emballa. Elle s'était pliée aux règles de Leo, ne lui avait posé aucune question. Se rendait-il compte qu'il enfreignait ses propres règles ?

— Pourquoi cette question ?

— Je me demandais seulement si tu l'avais fait par passion, parce que tu aimes cuisiner.

Elle aurait pu mentir, comme lorsqu'elle enjolivait la réalité de sa vie à New York avec sa mère. En se gardant bien d'évoquer le désastre financier qui avait suivi la mort de celle-ci. Personne n'en avait jamais rien su, et elle n'allait certes pas en parler à Leo. Mais soudain, un souvenir lui revint. Il l'avait traitée d'« enfant gâtée ».

Et brusquement, elle eut envie qu'il sache qu'elle était tout sauf une enfant gâtée.

C'était risqué. Il ne la croirait peut-être pas, ou s'en ficherait complètement. Mais puisqu'il lui avait posé la question…

— J'avais besoin d'argent. Au moment de la mort de ma mère, nous croulions sous les dettes. L'appartement allait être saisi. Je travaillais comme serveuse pour cette compagnie d'événementiel depuis l'âge de seize ans, mais le poste d'aide-cuisinière était mieux payé.

— Pourquoi avais-tu besoin d'argent ? demanda Leo, l'air interdit. Andreas ne versait-il pas une pension suffisante à ta mère ?

— Si. Il était même plus que généreux, en fait. Il voulait se débarrasser d'elle, répondit Juno avec amertume. Mais au bout de quelques années, ma mère s'est mise à boire. Elle est devenue incapable de respecter ses contrats, puis elle a perdu sa beauté. Et alors, son envie de faire la fête lui a servi de prétexte pour dépenser tout ce que mon père lui envoyait et emprunter ailleurs quand elle n'avait plus rien. Lorsque j'ai eu seize ans, nous croulions déjà sous les dettes.

Leo se redressa sur le sofa.

— Pourquoi ton père ne vous a-t-il pas aidées ?

— Parce qu'elle n'a jamais admis qu'elle avait un problème avec l'alcool. Et, de toute façon, je ne suis pas sûre qu'il nous aurait aidées s'il avait été au courant. Il avait été très clair, lors de mon dernier été à Monrova : nous représentions des fardeaux encombrants pour lui, ma mère et moi. Et il ne voulait pas s'embarrasser de nous.

En outre, Juno avait eu peur de lui demander de l'aide, certaine d'essuyer un refus.

— C'est horrible, murmura Leo.

Il la regarda, l'air sincèrement choqué.

— Je n'en savais rien.

Ainsi, il la croyait. Une émotion stupide lui noua la gorge. Les larmes lui montèrent aux yeux.

— Tu sais ce qui était le plus dur ?

— Dis-moi.

— Elle l'aimait encore. Lorsque je la mettais au lit, elle répétait qu'il lui manquait terriblement. Qu'elle regrettait d'avoir tout gâché. À l'époque, je prenais cela pour des divagations d'alcoolique, mais avec le recul, je pense qu'elle était sincère. Elle ne lui en voulait même pas de ne l'avoir jamais aimée.

— Je suis désolé de t'avoir traitée d'enfant gâtée, déclara Leo avec force. Ton enfance a été mille fois plus difficile que la mienne, j'ai l'impression.

— J'en doute. Mon père ne m'a jamais frappée.

— Je n'aurais jamais dû te parler de cela. Ce n'était pas un tendre, mais j'ai survécu. Et grâce à lui, j'ai appris à être autonome.

Croyait-il vraiment à ce qu'il disait ?

— J'aurais bien aimé connaître ce petit garçon, répliqua-t-elle doucement.

Une ombre voila les yeux bleus.

— Je l'aurais serré dans mes bras pour le réconforter.

— Arrête, Juno.

L'accent impérieux colorant la belle voix grave la fit frissonner. Un sentiment d'abandon l'envahit. De perte.

Se redressant, Juno se leva et se dirigea vers la cheminée. Elle n'aurait pas dû se laisser aller et lui parler ainsi.

— Ne sois pas triste, murmura Leo derrière elle. Cet enfant n'existe plus depuis longtemps.

Soudain, tout bascula, et ses émotions eurent raison de la règle qu'elle s'était fixée. Ça aurait été lâche de ne pas dire à Leo ce qu'elle éprouvait pour lui ?

Lentement, Juno se retourna. Le regard soudé au sien, elle rassembla tout son courage et se jeta à l'eau.

— Je crois que… je suis amoureuse de toi, Leo.

Une lueur terrifiée traversa ses yeux, avant de disparaître aussitôt, mais Juno la reçut néanmoins comme un coup en plein cœur.

12.

— L'amour n'est qu'un mot. Un mot qui ne signifie rien.

Leo n'avait pas voulu dire cela, mais que pouvait-il faire d'autre ? Il redoutait cet aveu, depuis qu'ils avaient fait l'amour le premier matin après leur arrivée au chalet. Il l'avait vu dans les yeux de Juno.

Cela avait été si difficile de respecter ses propres règles ! Mais ça l'était encore davantage maintenant qu'il savait la vérité sur celle qu'il avait prise à tort pour une enfant gâtée.

Pourquoi s'était-il entiché d'elle alors qu'il n'avait rien à lui offrir ?

— C'est tout ce que tu as à dire ? murmura-t-elle.

Le désespoir qui se lisait dans son regard lui rendait la tâche encore plus douloureuse. Leo lui caressa la joue, suivit du bout du pouce le contour des lèvres sensuelles. Il ne pouvait s'empêcher de la toucher, tout en sachant que son attitude ne ferait qu'empirer les choses.

— Rien n'est possible entre nous à long terme. Je croyais que tu l'avais compris.

Elle recula, les beaux yeux verts s'assombrirent.

— Pourquoi ? demanda-t-elle, avec une simplicité désarmante. Je sais que tu ne partages pas mes sentiments. Tout ce que je te demande, c'est d'accepter que je fasse partie de ta vie. Est-ce vraiment impossible ?

L'intensité des émotions qui couvaient dans le regard de Juno, la profondeur de son désir, de ses aspirations, le terrifiaient. C'était plus qu'il n'en pouvait supporter.

Il ne pouvait prendre le risque de s'exposer à une telle demande. Il perdrait toutes ses défenses. Comme après la mort de sa mère.

Leo s'était juré que cela ne lui arriverait plus jamais.

— Oui, manifestement, dit-il en refoulant la sensation de déchirure qui lui traversait la poitrine.

— Je vois, dit-elle avec un sourire forcé. Merci pour ta franchise.

Quand il vit le visage de Juno se fermer et qu'elle recula d'un pas, il ne put le supporter et lui prit les bras.

— Pourquoi as-tu besoin de sentiments, alors que tout ce qui compte, c'est le désir que nous éprouvons l'un pour l'autre ?

Il l'attira contre lui et l'embrassa, avant de l'étendre sur le sofa pour lui ôter ses vêtements et se débarrasser des siens…

Ça, il pouvait le lui donner.

Pourquoi n'était-ce pas suffisant ?

Comme il lui prodiguait la plus intime des caresses, elle creusa les reins et s'abandonna au plaisir qu'il sentait monter en elle. Sa merveilleuse senteur de femme l'enivra tandis qu'il la pénétrait, savourant la chaleur et la douceur de son sexe.

Fou de désir, Leo donna un nouveau coup de reins, plus vigoureux, et lorsqu'un deuxième orgasme emporta Juno, il dut faire un effort surhumain pour ne pas capituler et répandre sa semence en elle. Il se retira juste à temps.

Elle reposait sur le dos, languissante, des reflets d'émeraude jouaient dans ses yeux, mais un voile de tristesse assombrissait son regard.

Rassemblant ses forces, il se redressa et la souleva pour l'emporter dans la salle de bains. Quand ils s'offrirent ensemble au jet brûlant, il ne sut si des larmes se mêlaient à l'eau qui ruisselait sur les joues de Juno, mais il eut l'impression d'être le dernier des salauds.

Délicatement, Leo enduit le corps mince de savon et la caressa longtemps, tandis qu'elle se laissait faire, les yeux clos.

Mais lorsqu'il la déposa sur le lit un peu plus tard et se détourna pour s'en aller, elle le retint par le bras.

— Tu peux rester avec moi, ce soir ? Je ne te demanderai rien, je te le promets. Mais je ne veux pas être seule. Je crois que je ne le supporterais pas.

Ce n'était pas grand-chose. Cela ne lui coûtait rien d'accepter.

Enfreignant ses règles, il se coucha à côté d'elle puis la prit doucement dans ses bras.

Elle s'endormit bientôt, lovée contre lui, tandis que lui restait éveillé durant de longues heures, à penser à la jeune fille qui s'était retrouvée sans rien à la mort de sa mère alcoolique. Et au petit garçon qui aurait pu autrefois lui ouvrir son cœur, s'il ne l'avait pas verrouillé après avoir perdu la sienne.

Juno se réveilla d'un long sommeil sans rêves, et sa première pensée fut pour celui qui lui avait brisé le cœur.

À côté d'elle, le lit était vide.

Elle l'avait perdu à tout jamais.

Elle ferma les yeux pour tenter de refouler la souffrance qui lui broyait la poitrine, mais en vain.

Leo allait lui manquer atrocement. Parce qu'elle avait oublié qu'il ne s'était jamais agi que d'une parenthèse magique, une escapade hors du temps et de la réalité, et donc vouée à se refermer.

« Rien n'est possible entre nous à long terme. Je croyais que tu l'avais compris. »

Qu'avait-elle espéré ? Leo était capable d'aimer, elle le savait, mais il avait enterré tout espoir d'amour en lui autrefois.

Elle devait l'accepter, sous peine de finir comme sa mère,

qui s'était accrochée au souvenir d'un homme qui ne l'aimait pas et ne l'avait jamais aimée.

Au moment où elle allait se lever, Leo apparut sur le seuil avec un grand plateau dont montaient des fumets délicieux.

— Bonjour, princesse…

En caleçon noir, coiffé à la va-vite, il était si beau que le simple fait de le regarder était douloureux.

Juno se força à sourire tandis qu'il déposait le plateau à côté d'elle sur le lit.

— Ça sent bon…

Impossible de lui dire qu'elle se sentait incapable d'avaler une bouchée.

— Tu apprends vite, dis donc ! enchaîna-t-elle en se fendant d'un nouveau sourire.

Mais quand elle souleva la serviette placée à côté de son assiette, Juno tressaillit violemment à la vue du bâtonnet en plastique dissimulé dessous.

— J'ai pensé que nous pourrions faire le test après le petit déjeuner, dit Leo d'un ton détaché.

Comment avait-elle pu oublier que cela avait toujours été le but de leur séjour au chalet ?

— Mais on peut aussi le faire maintenant, reprit-il sur le même ton. D'après la notice, le matin est le moment idéal.

Elle reposa sa serviette sur le plateau d'une main tremblante.

Peut-être que si elle était enceinte, il voudrait bien la garder auprès de lui ? Juno se maudit de se laisser aller à une pensée aussi absurde. Un bébé ne changerait rien à la réalité. Leo ne l'aimait pas, point final.

— Si tu n'as pas faim, pas de problème, dit-il avec son flegme habituel. Tu veux que j'ôte le plateau ?

Incapable de prononcer un mot, elle hocha la tête.

Leo souleva le plateau et le posa sur la commode, puis lui tendit un peignoir qu'elle enfila après être descendue du lit.

Mais quand elle voulut prendre le test de grossesse, il l'attira vers lui et lui posa la main sur la joue. Il y avait de l'affection, dans les yeux bleus, et du désir, si ardent et passionné que Juno se sentit plus triste encore.

— Quel que soit le résultat, nous gérerons la situation ensemble, déclara-t-il avec calme. D'accord ?

Toujours en silence, elle hocha la tête ; il lui déposa un baiser sur le front, puis la lâcha.

Elle ne doutait pas de sa sincérité. Leo était un homme d'honneur. Mais quand elle entra dans la salle de bains, le bâtonnet bleu et blanc à la main, Juno ne put s'empêcher de penser que, quel que soit le résultat du test, rien ne pourrait jamais effacer le fait que Leo ne savait pas qui elle était au moment où ils avaient fait l'amour pour la première fois...

Leo n'avait jamais senti son cœur battre aussi fort tandis que, assis sur le lit, il fixait la porte de la salle de bains en attendant que Juno réapparaisse.

Il s'était efforcé de ne pas songer à la possibilité d'une grossesse, et encore moins à la perspective d'élever un enfant avec elle. Mais soudain, il ne put s'empêcher d'imaginer Juno enceinte et fut aussitôt envahi par un indéniable instinct possessif et protecteur dont l'intensité le stupéfia.

Un bruit d'eau lui parvint de l'intérieur de la salle de bains, puis la porte se rouvrit enfin.

Juno s'avança dans la chambre, enveloppée dans le peignoir qu'il lui avait offert. Lorsque son regard croisa le sien, il y vit une telle stupeur, une telle incrédulité, qu'il devina instantanément le résultat.

— Il est positif ? demanda-t-il, pour la forme.

Elle hocha la tête.

— Je... Oui, je crois. J'ai relu la notice plusieurs fois.

Se levant, Leo traversa la pièce à grands pas et lui prit le bâtonnet des doigts. Elle paraissait si fragile qu'il lui passa le bras autour des épaules en même temps qu'il baissait les yeux sur les deux lignes bleues bien distinctes.

L'instinct possessif resurgit en lui, encore plus puissant.

— Oui, dit-il. Je les ai relues plusieurs fois, moi aussi.

Il lui rendit le bâtonnet.

— As-tu décidé si tu voulais le garder ?

Dis oui…

Il voulait voir son ventre s'arrondir, suivre toutes les étapes de la grossesse. Il voulait être là quand elle mettrait leur enfant au monde. Mais surtout, Leo voulait profiter de la chance de l'avoir à ses côtés, chaleureuse, compatissante, franche, drôle, spontanée.

Pourquoi n'avait-il jamais pensé qu'une grossesse pourrait être une solution, et non un problème ?

Il lui fallait une reine, et Juno serait parfaite dans ce rôle.

Sans dire un mot, elle s'avança vers la fenêtre et contempla le paysage enneigé qui s'étendait derrière la vitre. Puis elle s'immobilisa et referma les bras autour de son buste, les épaules légèrement voûtées.

Elle paraissait plus petite, et si jeune !

Et elle luttait pour contenir ses émotions. Comme lui.

Cela représentait un grand pas pour eux deux, car ils n'avaient pas choisi cette situation.

— Tu n'as pas besoin de le décider maintenant, murmura-t-il, le cœur lui martelant les côtes.

— Je… Je désire le garder, dit-elle en le regardant par-dessus son épaule.

Un immense soulagement envahit Leo, mais il avait perçu de la crainte dans la voix de Juno.

Il la rejoignit en deux enjambées, la prit par la taille et la souleva à bout de bras.

— Je suis fou de joie, princesse.

Elle le dévisagea en écarquillant les yeux, l'adorable roseur envahit ses hautes pommettes.

— C'est vrai ? Tu n'es pas furieux ?

— Pourquoi serais-je furieux ? répliqua-t-il en la reposant sur ses pieds. Nous allons être parents. Et Severene aura un héritier, ou une héritière. Il ne nous reste plus qu'à nous marier – le plus rapidement possible !

Il y avait encore de l'hésitation, dans les yeux verts. De l'incertitude.

— N'aie pas l'air aussi inquiet, dit-il en lui effleurant le menton. C'est une excellente nouvelle !

Après n'avoir jamais envisagé un tel dénouement, tout lui paraissait si évident, à présent…

— Je vais faire paraître un communiqué dès demain. Nous aurons probablement droit à un incident diplomatique lorsque nous révélerons ta véritable identité – et Le Clerk va piquer une crise quand il comprendra qu'il doit organiser un mariage d'État en quelques semaines au lieu de quelques mois. Mais quand ils apprendront que tu es enceinte…

Il posa la main sur le ventre plat de Juno, émerveillé à la pensée qu'un enfant grandissait déjà en elle. *Son* enfant.

— Ils seront ravis. Je n'aurais jamais pu rêver d'une meilleure solution. Une fois que nous aurons…

— Arrête, Leo, l'interrompit-elle en recouvrant sa main avec la sienne. Nous ne pouvons pas… Nous ne pouvons pas nous marier. Tu dois bien le comprendre, non ?

La tristesse envahit de nouveau ses yeux, ainsi qu'une souffrance abyssale.

— Qu'est-ce que tu dis ? répliqua Leo, interloqué.

Il avait mal compris. Elle ne pouvait pas refuser de l'épouser. Pas maintenant qu'elle portait son enfant.

— Nous ne pouvons pas parce que rien n'a changé.

— *Tout* a changé ! Tu portes l'héritier de la Couronne, Juno. Le futur roi ou la future reine de Severene. Nous n'avons pas d'autre choix que de nous marier !

— Cet enfant n'est ni un roi ni une reine, répliqua-t-elle en reculant, le forçant à écarter sa main. Ni un héritier. C'est seulement un bébé. *Notre* bébé.

— En effet, et en tant que tel, il, ou elle, a des droits imprescriptibles, rétorqua Leo d'un ton vif.

En réalité, la colère lui servait à nier sa propre souffrance. Juno ne voulait pas de lui ? Alors qu'elle avait dit qu'elle l'aimait ?

— Et ces droits, je ne permettrai pas que tu l'en prives.

— Qu'est-ce que tu sous-entends par là, exactement ?

Elle se posa la main sur le front, en proie à une détresse manifeste.

— Que si je refuse de t'épouser, tu me prendras mon enfant ?

— Bien sûr que non. Tu déformes mes propos. Mais il n'en reste pas moins que notre enfant est l'héritier du trône de Severene. Il s'agit de devoir et de responsabilités, et tu ne peux pas leur tourner le dos, Juno.

— C'est tout ce que cela signifie pour toi ? Des devoirs ? Je ne veux pas de cela pour moi et mon enfant ! déclara-t-elle avec force. Tu m'as dit hier que tu ne pourrais jamais m'aimer, ne vois-tu pas que cela…

— Cesse d'être aussi égoïste, l'interrompit-il en lui prenant le bras.

À présent, la peur faisait place à la panique.

— Tu dis n'importe quoi, poursuivit-il. Tu t'accroches à tes rêves naïfs de romantisme. Il ne s'agit plus de cela.

— Laisse-moi partir, s'il te plaît, murmura-t-elle, les yeux brillant de larmes contenues.

Leo laissa retomber son bras et se passa la main dans les cheveux.

— Tu veux bien me laisser seule pendant que je m'habille et prépare ma valise ? demanda-t-elle d'une toute petite voix.

Leo hésita. Il refusait de laisser tomber. Il devait lui faire comprendre qu'elle se comportait de façon puérile. Mais Juno avait l'air si fragile, si perdue, qu'il se ravisa. Ce n'était pas le moment. Elle était encore sous le choc. Elle avait besoin de temps pour s'habituer à la réalité et à tout ce que cela impliquait.

Le dos raide, il acquiesça d'un hochement de tête et

essaya de se détendre. Alors qu'il ne désirait qu'une chose : la prendre dans ses bras et la serrer contre lui pour la rassurer. Et lui faire l'amour, encore et encore. Mais cela aussi devrait attendre.

— D'accord. Nous rentrerons à Severene dès que tu seras prête. Et nous pourrons discuter de tout cela pendant le voyage.

— Merci, dit-elle en baissant les yeux.

Inutile d'insister, se répéta Leo. Les enjeux étaient trop importants.

Il se força à se détourner, de crainte de faire une bêtise, quitta la pièce, puis se dirigea droit vers le bureau pour transmettre son plan de vol au centre de contrôle aérien.

13.

Dix minutes plus tard, Juno s'avançait dans la neige qui craquait sous ses pas.

Les mains tremblantes, elle ouvrit la porte de la remise et enfourcha la motoneige. Puis elle alluma le contact, actionna le démarreur et fit ronronner le moteur.

Fermant un instant les yeux, elle posa la main sur son ventre. Un enfant grandissait en elle. Un petit garçon ou une petite fille qu'elle pourrait aimer et qui l'aimerait en retour, alors que Leo en était incapable. Aussi allait-elle rentrer à Monrova, qui se trouvait à moins de vingt-cinq kilomètres au-delà de la frontière. Et ensuite elle retournerait à New York et à sa vraie vie.

Le conte de fées était terminé.

L'air glacial s'infiltra dans ses poumons. Le cœur serré, elle passa devant la famille de bonshommes de neige et songea à l'instant où elle avait cru au Père Noël.

Comme s'il suffisait de demander ce que l'on désire pour l'obtenir. Quelle idiote !

Elle entendit la voix de Leo derrière elle, mais ne tourna pas la tête et accéléra.

— Juno ! Reviens immédiatement ! Qu'est-ce que tu…

Les mots furent assourdis par le bruit du moteur de la motoneige qui fonçait vers la forêt.

Impossible de rester. Elle refusait de lui donner le pouvoir de la détruire. Comme son père avait détruit sa mère. Mais au fur et à mesure qu'elle s'enfonçait dans la forêt et se rapprochait de la frontière, Juno ne put retenir ses larmes et les laissa couler en dépit du froid extrême.

Préserver la peau de son visage était bien le cadet de ses soucis.

Leo referma la porte de la remise en poussant un juron.

Les mots écrits à la hâte par Juno sur un morceau de papier continuaient de tourner en boucle dans son esprit.

Inutile de chercher à me rejoindre, Leo. Je resterai en contact. Mais je ne peux pas être ta reine.

Pardon.

J.

Il bouillait de rage, mais pas seulement. Une véritable terreur le consumait, menaçant de l'anéantir.

Comment ferait-elle pour ne pas se perdre et parvenir à Monrova ? Parce que c'était forcément là qu'elle comptait se rendre.

Elle ne connaissait pas la région, et elle était enceinte, bon sang !

La perspective de devenir sa reine et de porter son héritier était-elle si horrible qu'elle avait fui ?

Se précipitant dans le bureau, il souleva le téléphone satellite gardé là en permanence pour les cas d'urgence et appela son chef de cabinet.

— Lancez immédiatement une opération de recherche et de sauvetage, André. Envoyez des hélicoptères dans la région entourant la frontière Monrova-Severene, du côté du col Aberglast. Déployez aussi des troupes sur le terrain. Et prenez contact avec les autorités de Monrova. Nous devons coordonner nos efforts.

— Majesté ? dit son chef de cabinet, manifestement confus.

— Vous m'avez entendu. La princesse Juno s'est enfuie et nous devons la retrouver !

— La princesse Juno, Majesté ? Vous voulez dire la reine Jade ?

— Non, j'ai bien dit la princesse Juno.

— Mais, Majesté…

— Juno se fait passer pour sa sœur jumelle depuis deux semaines, l'interrompit Leo. Informez toutes les personnes concernées !

— Et les médias, Majesté ?

Dire que sa préoccupation majeure avait été d'éviter tout scandale. Il s'en fichait bien, maintenant !

— Ne leur communiquez aucune information pour l'instant. Ils ne feraient qu'entraver les recherches. Le plus urgent est de la retrouver. Elle est enceinte.

Mais soudain, son héritier, l'avenir de la monarchie ne lui parurent plus aussi importants.

Une seule chose lui importait. Retrouver Juno.

Saine et sauve.

N'avait-elle pas déjà traversé cette clairière une heure plus tôt ?

Juno freina brusquement et regarda autour d'elle. Depuis un certain temps, les arbres se ressemblaient tous, mais lorsqu'elle contempla les ombres sur la neige, elle fut certaine d'être déjà passée par là.

Elle avait mal aux mains, et ses bras étaient de plomb. Elle serra les poings pour essayer de se débarrasser des crampes qui lui engourdissaient les doigts. Le froid s'était infiltré dans ses os et ne la quittait plus, à présent.

Remontant ses lunettes de protection sur son front, elle sentit l'air glacé lui fouetter les joues. Elle n'aurait pas dû s'enfuir ainsi. Leo avait eu raison de lui reprocher son égoïsme.

Elle revit son beau visage aux traits austères, son corps

aux muscles sculptés, se rappela la sensation de la peau ferme et douce sous ses doigts, la délicieuse senteur mâle, les effluves épicés, le cèdre, la bergamote. Elle entendit sa voix, grave et rauque…

Pourquoi était-elle partie ? Pourquoi l'avait-elle quitté ?

Leo était fort, rassurant et fiable. Et chaleureux.

Mais il ne la voulait pas pour elle-même. Il voulait un héritier et une reine.

Son père non plus n'avait pas voulu d'elle. Son seul but était de protéger la monarchie et de se débarrasser de cette fille encombrante, et susceptible de causer des scandales.

Le bourdonnement qui s'était installé dans sa tête s'accentua. Juno leva les yeux vers le ciel et vit un grand oiseau noir voler en cercle au-dessus d'elle. Le vent devint encore plus glacial tandis que l'oiseau grossissait à vue d'œil et faisait un bruit infernal.

Ce n'était pas un oiseau, mais un hélicoptère.

La neige s'éleva en tourbillons autour de l'appareil qui atterrit à l'extrémité de la clairière. Les arbres tremblèrent, les pales faisant voler la neige dans tous les sens.

Tout devint flou dans l'esprit de Juno. Son cœur battait si fort que son corps n'était plus que douleur. Comme dans un rêve, elle vit les pales s'immobiliser, puis une silhouette bondir à terre et courir dans sa direction.

Elle entendit une voix, mais sans parvenir à comprendre les sens des mots qui semblaient flotter dans l'air glacial. Elle avait l'esprit trop engourdi, trop confus.

Pétrifiée, elle vit la silhouette se rapprocher. Ses traits se précisèrent, et elle distingua des yeux d'un bleu perçant.

Après avoir ôté à la hâte ses gants de cuir, Leo prit son visage entre les mains. Sa chaleur lui brûla la peau et se répandit en elle, jusque dans son cœur.

— Juno… Tu es gelée ! Ça va ? Tu tiens le coup ?

Les mots continuaient de flotter entre eux, dans une sorte

de brouillard. La douleur devint trop vive, trop intense. L'engourdissement commençait à la dévorer.

— Parle-moi, dis-moi que ça va…

La voix paraissait de plus en plus lointaine, comme venant d'un autre monde.

Cela n'avait plus d'importance. Juno ne désirait plus qu'une chose. Dormir. Avoir chaud. Être en sécurité. Et aimée.

Elle ferma les yeux et se laissa sombrer.

14.

— Si la grossesse l'affaiblit, interrompez-la !

Leo agrippa le médecin par les revers de sa blouse.

— Vous avez compris ? Ne prenez aucun risque avec sa vie.

— Oui, Majesté. Je comprends.

Le médecin détacha les doigts de Leo, doucement mais fermement.

— Mais, comme je vous l'ai dit, la grossesse ne pose pas de problème. La princesse Juno souffre d'hypothermie modérée et nous avons réchauffé son corps progressivement. Nous surveillons ses paramètres vitaux, elle devrait…

— Pourquoi ne s'est-elle pas encore réveillée, alors ? Cela fera bientôt douze heures que je l'ai ramenée au palais.

Douze heures qui lui avaient paru durer douze années tandis qu'il restait là, assis à côté du lit, et la suppliait mentalement d'ouvrir les yeux, de lui parler.

De lui pardonner.

La peur le terrassait, l'empêchant de manger et de dormir.

Les mêmes images tournoyaient dans son esprit. Il revoyait Juno s'avancer vers lui en titubant dans la neige et cherchant désespérément à fixer son regard, avant de chanceler tout à coup. Il l'avait recueillie dans ses bras juste au moment où elle perdait connaissance.

Leo sentait encore la froideur de sa peau, la terreur qui l'avait envahi… Et qui continuait de l'habiter.

Le retour en hélicoptère s'était déroulé comme dans un

cauchemar. Il avait piloté l'appareil presque à l'aveugle, obsédé par une seule pensée.

Si jamais elle ne se réveillait pas, il ne se le pardonnerait jamais. Et ne s'en remettrait jamais.

Leo se leva et sortit de la chambre, puis se mit à faire les cent pas dans le couloir.

Combien de temps marcha-t-il ainsi, dans un sens, puis dans l'autre ? Il n'aurait su le dire.

— Majesté ?

Quand il se retourna et vit l'infirmière, immobile sur le seuil de la chambre, la terreur le submergea de nouveau.

— Elle est morte ? murmura-t-il, le cœur lui martelant les côtes.

— Non, Majesté. Je crois qu'elle se réveille.

— Réveille-toi, je t'en supplie.

Juno entendit une voix, profonde et rauque, qui semblait surgir des ténèbres. Elle avait les paupières si lourdes qu'elle se sentait incapable de les soulever. Elle préférait rester dans le merveilleux cocon chaud et doux qui l'enveloppait. Mais la voix était si insistante, si familière…

Elle se força à ouvrir les yeux.

— Leo ? chuchota-t-elle, la gorge étrangement sèche.

— Princesse…, murmura-t-il.

Où était-elle ? Et pourquoi se sentait-elle aussi déconnectée de tout ? Que s'était-il passé et combien de temps avait-elle dormi ?

— Tout va bien, dit-il doucement. Vous allez bien tous les deux, toi et le bébé.

Le bébé… La seule raison pour laquelle Leo tenait à elle.

La dure réalité refit surface, dissipant tout sentiment de bien-être et de chaleur. Juno battit des cils puis détourna les yeux, la vision brouillée par les larmes, et posa la main sur son ventre. Le bébé était sain et sauf.

Elle avait fui lâchement, mettant la vie de son enfant en danger. Et Leo les avait sauvés tous les deux.

Renonçant à retenir ses larmes, elle les laissa couler en silence. Elle avait tout gâché. Et elle allait devoir l'épouser et vivre avec lui jusqu'à son dernier jour en sachant qu'il ne l'aimerait jamais.

Juno tourna la tête et le regarda dans les yeux. Elle l'aimait et l'épouserait. Et peut-être qu'un jour, il apprendrait à l'aimer en retour.

— Pardonne-moi..., chuchota-t-elle.

À l'instant même où Leo murmurait :

— Il faut que tu me pardonnes.

Il fronça les sourcils.

— Je ne vois pas pourquoi tu aurais besoin de mon pardon, princesse.

— Parce que j'ai proposé à ma sœur d'échanger nos places. Parce que je me suis enfuie. Parce que j'ai mis la vie de notre enfant en danger, énuméra-t-elle, le cœur affreusement lourd. Parce que je t'ai forcé à m'épouser alors que tu ne l'avais jamais souhaité.

— Qu'est-ce que tu en sais ? demanda-t-il, l'air perplexe.

— Tu ne m'aimes pas, Leo. Mais tu te retrouves obligé de m'épouser à cause du bébé et...

— Tais-toi, l'interrompit-il en lui posant un doigt sur les lèvres. Ne t'excuse pas alors que c'est moi qui suis impardonnable.

— Je ne comprends pas...

Au lieu de s'expliquer, il souleva sa main et enlaça ses doigts aux siens, puis la porta à ses lèvres.

Pourquoi était-ce si douloureux de regarder la situation en face alors qu'elle savait qu'elle comptait pour lui ? Pourquoi n'était-ce pas assez ?

Mais quand il redressa la tête et lui caressa le dos de la main, Juno sentit sa respiration se bloquer dans sa poitrine.

Ce n'était pas du regret, ni de la tristesse, qui emplissait les yeux de Leo, mais de la souffrance.

— Leo ? chuchota-t-elle, le cœur battant d'un espoir insensé.

— Tu as tort de croire que je ne t'aime pas, dit-il avec calme. La vérité, c'est que j'étais trop terrifié pour l'admettre.

L'espoir explosa dans sa poitrine, presque insoutenable.

— Mais…

— Laisse-moi terminer, s'il te plaît, l'interrompit-il, la voix rauque. Je n'avais pas songé à une grossesse, je n'avais jamais vraiment réfléchi à ce que je ressentirais si cela se produisait. Ni à ce que nous ferions. Mais lorsque tu es sortie de la salle de bains avec le test positif, tout m'a paru si juste. Si merveilleux…

— Oui, parce que tu as besoin d'un héritier.

— C'est ce que je me suis dit, en effet. Et que je t'ai dit. Ce que je voulais croire. Quand tu as perdu connaissance dans mes bras, au milieu de cette clairière, j'ai compris que je me mentais.

— Ah ? fit Juno dans un souffle.

— Oui. Je cherchais un prétexte pour te demander de rester avec moi et de m'épouser, sans jamais avoir à te dévoiler mes sentiments, mettre en mots ce que j'ai commencé à ressentir dès le premier instant où je t'ai aperçue à Monrova, le soir du Bal d'hiver.

Il pencha la tête avant de poursuivre.

— Je me suis persuadé que je ne voulais pas que tu m'aimes et que je ne pourrais jamais t'aimer en retour. Ensuite, ta grossesse a été un nouveau prétexte. Elle m'a permis de ne pas affronter mes sentiments.

Lentement, il redressa la tête et regarda Juno, avec dans les yeux un désir si intense, si profond, qu'elle en eut le souffle coupé.

— C'est moi qui ai besoin de ton pardon, pas l'inverse. Tu m'as dit que tu m'aimais, et moi, j'ai refusé de t'avouer mon amour. J'ai même nié la possibilité de t'aimer un jour. Par lâcheté. Alors, si tu souhaites rentrer à New York et élever cet enfant là-bas, loin de moi, je ne m'y opposerai pas. Je ne te prendrai jamais ton enfant. Ni ne te forcerai jamais à m'épouser par devoir.

— Oh ! Leo !

Elle se redressa et s'appuya sur un coude pour lui caresser la joue. Il n'avait pas été lâche, mais terrifié. Ils l'avaient été tous les deux.

— Tu ne vois pas que rien de tout cela n'a plus d'importance ? chuchota-t-elle, la gorge nouée par l'émotion.

— Tu en es sûre ?

— Évidemment. Puisque tu m'aimes aussi.

Les yeux étincelants, il la prit dans ses bras et rapprocha ses lèvres des siennes.

— Si le fait d'être terrifié à la perspective de te perdre, c'est de l'amour, si vouloir m'endormir en te serrant dans mes bras chaque nuit et me réveiller à côté de toi chaque matin, c'est de l'amour, si…

Il posa la main sur le ventre de Juno.

— Si désirer te voir t'arrondir chaque jour et te faire d'autres enfants, c'est de l'amour… alors, oui, je t'aime, ma princesse adorée.

Les larmes coulaient sur les joues de Juno sans qu'elle cherche à les retenir. Des larmes de joie.

— J'accepte votre amour, Majesté, murmura-t-elle. Maintenant, taisez-vous et embrassez-moi !

Épilogue

Deux jours plus tard

« Est-ce vrai que la reine n'est pas la reine, Majesté ? »

« Laquelle des deux est la vraie, finalement ? »

« Majesté, commença un troisième journaliste à l'adresse de Juno. Comment faites-vous pour vous trouver à deux endroits en même temps ? »

Juno cligna des yeux, éblouie par les flashs qui pleuvaient de tous côtés. La conférence de presse avait été organisée à la dernière minute, et elle avait du mal à repousser le sentiment de culpabilité qui lui étreignait la gorge face à cet océan de visages, dont l'expression allait de la curiosité à l'étonnement, en passant par la stupeur et l'excitation.

La nouvelle de sa métamorphose – ou plus exactement de son imposture - avait soulevé une tempête médiatique.

Sa panique était telle que, ce matin-là, elle avait dû se forcer pour avaler quelque chose au petit déjeuner, lorsque les conseillers étaient soudain venus leur demander comment gérer le retour de Jade à Monrova, deux jours avant la date prévue.

Leo se pencha pour lui murmurer à l'oreille :

— Respire. Tout va bien.

— Tu crois ? chuchota-t-elle en levant les yeux vers lui. Ce n'est pas le désastre que tu voulais éviter coûte que coûte ?

À vrai dire, il n'avait l'air ni furieux ni inquiet et, lorsqu'il lui sourit, Juno sentit sa chaleur se répandre dans son cœur.

— Ne me rappelle pas que je me suis conduit comme un imbécile, s'il te plaît.

Elle lui sourit à son tour. Parfois, elle n'arrivait pas à croire à tant d'amour. Mais à d'autres moments, il l'emplissait tout entière et lui insufflait une telle force qu'elle se sentait capable de partir à la conquête du monde entier.

— Tu es sûre que tu ne veux pas aller te reposer ? Je peux très bien les affronter seul, tu sais ?

— Étant donné que c'est moi qui ai créé cette situation, je me dois de t'aider à nous en sortir, tu ne crois pas ?

Se penchant de nouveau, il appuya son front contre le sien, avec une telle tendresse que Juno sentit son cœur se gonfler d'amour.

Le silence se fit dans la salle, les journalistes venus du monde entier les regardaient en retenant leur souffle.

— Nous l'avons créée ensemble, Juno. Ne l'oublie jamais. Et je ne regretterai jamais que tu aies pris la place de ta sœur. Au contraire. Je t'en serai reconnaissant jusqu'à mon dernier jour.

Sur ces mots, il l'embrassa doucement, sans se soucier des flashs et des questions qui fusaient à nouveau de toutes parts.

Un peu plus tard, après que Leo l'eut présentée sous sa véritable identité et comme sa future reine, déclenchant un nouveau torrent d'exclamations et de questions, il fournit aux journalistes les explications mises au point avec Jade et ses conseillers en vidéoconférence.

Juno et sa sœur avaient échangé leurs rôles et leurs identités afin de donner la possibilité à la reine de Monrova de faire une pause. Leo était au courant, bien sûr, mais personne n'avait prévu que lui et Juno tomberaient éperdument amoureux l'un de l'autre.

Au bout de dix minutes, délai imposé par Leo, l'attaché de presse du palais mit fin à la conférence. Aussitôt, l'écran se trouvant derrière le podium s'éclaira, et Jade apparut pour tenir à son tour sa propre conférence de presse.

Sans plus attendre, Leo entraîna Juno et s'avança parmi les conseillers massés autour du podium, indifférent à leurs tentatives de les retenir, et entra bientôt dans son bureau privé.

Dès la porte refermée, il se tourna vers elle et la prit dans ses bras.

— C'est enfin terminé, Dieu merci ! soupira-t-il en penchant le visage vers le sien. Maintenant, je compte bien passer le reste de la journée à te faire l'amour…

Un petit rire ravi franchit les lèvres de Juno, aussitôt étouffé par la bouche de Leo qui couvrait la sienne.

Mais elle appuya les paumes sur sa poitrine pour l'arrêter, alors qu'elle mourait d'envie de répondre à son baiser.

— Attends, Leo. Je suis inquiète. Je crois qu'il est arrivé quelque chose à Jade.

Il redressa la tête et lui adressa le sourire ravageur auquel elle était incapable de résister.

— Ah, vraiment ? murmura-t-il en se penchant de nouveau pour l'embrasser sous l'oreille.

La bouche taquine descendit sur son cou…

— Tu veux dire lors de son escapade new-yorkaise… ?

Juno laissa échapper un halètement en sentant la grande main chaude se glisser sous son chemisier et lui caresser les reins.

— Pendant que l'homme qu'elle était supposée épouser tombait amoureux de son incorrigible jumelle ?

Elle éclata de rire, mais sans parvenir à se débarrasser du mélange d'inquiétude et de culpabilité qui la taraudait.

— Non, il y a autre chose. Quand nous discutions ce matin, elle avait l'air… triste. Et elle ne m'a pas dit pourquoi elle était revenue deux jours plus tôt que prévu. Je me fais du souci pour elle. J'espère que je ne lui ai pas causé d'ennuis avec cet échange, alors que tout a merveilleusement marché pour nous.

Leo soupira et laissa retomber sa main.

— Tu sais ce que je pense, Juno ?

— Non, dis-moi.

— Ta sœur est une grande fille et une reine des plus compétentes. *Si* elle a quelque chose à te dire, elle le fera, parce qu'elle t'aime et qu'elle sait que tu l'aimes aussi. J'admire ta compassion, mais parfois, il faut que tu laisses de l'espace aux autres.

— Sous-entendrais-tu par là que je ferais mieux de lui ficher la paix ? Et que tu me trouves trop curieuse ?

Toute culpabilité la déserta. Leo avait raison. Jade était intelligente et raisonnable, et savait qu'elle pouvait compter sur sa jumelle. Alors, si Jade avait besoin d'elle, elle le lui dirait.

— Oui. Et de plus en plus sexy…

Il la souleva dans ses bras tandis qu'elle éclatait à nouveau de rire.

— À présent, je propose de fêter la Saint-Sylvestre avec un peu d'avance, enchaîna-t-il avec un sourire coquin.

Juno s'accrocha à ses épaules et lui offrit ses lèvres, prête à fêter cette nouvelle année qui allait commencer, et la suivante, et toutes celles qu'elle aurait le bonheur de partager avec l'homme de sa vie et les enfants qu'ils auraient ensemble.

Vous avez aimé *Dans le rôle d'une reine* ?
Découvrez l'histoire de la jumelle de Juno dès le mois prochain dans votre collection Azur !
Un roman signé Natalie Anderson.

Retrouvez prochainement,
dans votre collection

AZUR

Un roi pour patron, de Millie Adams - N°4411

Rien ni personne ne résiste au roi Matteo de la Cruz. Aussi est-il stupéfait quand Livia, sa parfaite assistante dont il ne sait plus se passer, refuse sa demande en mariage. Certes, il ne s'agirait entre eux que d'un arrangement dénué de sentiments mais Livia, qu'il a autrefois sortie du ruisseau, n'en tirerait que des avantages… Or, alors qu'il essaye de la faire revenir à la raison, Livia pousse l'affront jusqu'à lui présenter sa démission. Un rejet que Matteo n'est pas prêt à accepter. Bientôt, son assistante sera sa reine !

Un secret à Noël, de Sharon Kendrick - N°4412

Embauchée comme serveuse à l'occasion d'un gala de Noël, Hollie tombe sous le charme de Maximo Diaz, un irrésistible milliardaire espagnol. Aussi, quand celui-ci l'invite à partager une nuit avec lui – une seule ! –, cède-t-elle à la tentation, tout en sachant que cet homme restera à jamais hors d'atteinte. Mais voilà que peu de temps après cette parenthèse passionnée Hollie se découvre enceinte. Désormais, elle n'a d'autre choix que de se rendre au château de l'homme solitaire et envoûtant qui lui a fait perdre la raison, pour lui révéler qu'il sera bientôt père…

Le retour de Duarte Avelar, d'Amanda Cinelli - N°4413

Duarte a vécu l'enfer. Revenu d'entre les morts, il s'est battu pour rentrer chez lui, alors que tous le croyaient disparu à jamais. Pressé de renouer avec la vie qui lui a été arrachée – celle d'un milliardaire à qui tout réussit –, il doit d'abord recouvrer la mémoire. Or la clé de ses souvenirs pourrait bien être une jeune femme qui hante ses nuits. Sitôt qu'il l'a identifiée, Duarte se précipite donc à Rio pour trouver Nora Beckett, sans savoir quel lien existe entre eux. Et c'est avec stupeur qu'il découvre que la belle attend un enfant de lui !

Une reine à New York, de Natalie Anderson - N°4414

Prendre la place de sa jumelle. Au départ, l'idée paraissait séduisante à la reine Jade. Quitter son palais de Monrova – et ses devoirs – pour passer Noël à New York lui semblait même le comble de l'audace. Seulement voilà, avant de pouvoir profiter de sa liberté, elle doit affronter Alvaro Byrne, le patron de sa sœur. Saura-t-elle convaincre cet homme exigeant et autoritaire qu'elle est sa précieuse collaboratrice ? Surtout, parviendra-t-elle à ignorer le désir qu'il fait naître en elle pour jouer son rôle ?

Séduction au palazzo, de Julia James - N°4415

Jenna retient son souffle, tandis qu'elle pénètre dans le *palazzo* du signor Evandro Rocceforte. C'est là, au cœur de la campagne piémontaise, qu'elle vivra quelques semaines en tant que tutrice de la petite Amélie, la fille du maître des lieux. Si cette perspective la réjouit de prime abord, Jenna ne tarde pas à prendre peur. En effet, la cohabitation avec son mystérieux patron pourrait s'avérer plus difficile que prévu, si elle en croit la passion qui brûle aussitôt entre eux, intense et interdite...

L'hiver d'une princesse, de Leah Ashton - N°4416

Alors qu'elle s'apprête à épouser un homme qu'elle n'aime pas, Ana, princesse de Vela Alda, prend la fuite. Persuadée d'avoir fait le bon choix, elle doit toutefois trouver un refuge, et vite. Et c'est chez Rhys North, un expert en sécurité ami de son frère, qu'elle pose ses bagages. Auprès de cet homme protecteur, elle espère échapper au scandale provoqué par ses noces interrompues. Mais c'est une tout autre rumeur qui menace bientôt sa fragile sérénité. Conquise par Rhys, Ana entame une liaison avec lui – et se retrouve enceinte...

Une promesse à honorer, de Jessica Gilmore - N°4417

Sous le choc, Amber aperçoit dans la foule le prince Tristano Ragrazzi. Loin d'être un inconnu pour elle, cet homme est l'incarnation de l'existence dorée mais dénuée de liberté qu'elle a fuie huit ans auparavant. Promise autrefois à Tristano, elle a en effet brisé leur mariage arrangé sans un mot, pour se fondre dans l'anonymat. Impossible aujourd'hui de renier plus longtemps son titre de princesse et les responsabilités qui lui incombent, car Tristano exige qu'elle rentre avec lui au palais d'Elsornia et qu'enfin elle l'épouse !

Des jumeaux pour un milliardaire,
de Lynne Graham - N°4418

SÉRIE : *LES MARIÉES DE NOËL* - 2/2

Amy accueille toujours Noël avec joie – sans doute parce qu'elle a été privée de fêtes toute son enfance. Mais cette année son bonheur est à son comble. Depuis sa rencontre avec Sevastiano Cantarelli, elle se sent pousser des ailes... au point qu'elle finit par s'abandonner à la passion entre ses bras. Un moment d'égarement qu'elle ne tarde pas à regretter, hélas ! Car tout en prenant conscience que Sevastiano ne partagera jamais ses sentiments Amy découvre qu'elle attend des jumeaux de lui...

Son ennemi pour amant, de Kate Summer - N°4419

SÉRIE : *LES TSARAKIS* - 3/3

Se venger de l'homme à cause duquel il a perdu sa famille et l'atteindre dans ce qu'il a de plus cher, c'est le seul objectif de Theo Tsarakis. Pourtant, quand il rencontre la belle-fille de son ennemi pour lui annoncer que le contrat qui aurait pu lancer sa carrière de jeune photographe est annulé, il se sent étrangement déstabilisé. Juliet est belle, pleine de charme, terriblement séduisante... Devant son regard innocent, Theo se sent soudain incapable de s'en prendre à elle. Avant de trouver la solution à son dilemme : il fera de Juliet sa maîtresse, avant de la quitter en lui révélant qui est réellement ce beau-père qu'elle adore...

Un trône pour Noël, de Nina Milne - N°4420

SÉRIE : *NOËL ROYAL À CASAVALLE* - 3/3

Gabriella vient tout juste de découvrir qu'elle est une princesse, l'héritière du trône de Casavalle. Et elle a les plus grandes difficultés à s'adapter à son nouveau statut royal. Alors qu'un soir d'hiver elle cherche à oublier son devoir le temps d'une chevauchée, elle rencontre un sublime inconnu qui fait aussitôt battre son cœur. Quelle n'est pas sa surprise d'apprendre bientôt que celui qui l'a conquise d'un seul regard n'est autre que le prince Cesar d'Aguilarez, à qui sa famille la destine ! Gabriella n'a aucune envie de contracter une union de convenance, mais se pourrait-il que devoir et désir se mêlent pour transformer ces noces arrangées en un mariage d'amour ?

À la merci de Dario Olivero, de Kate Walker - N°4421

Afin de décourager un prétendant trop insistant, Alyse a mis au point un plan parfait : elle va séduire un inconnu à la soirée de gala à laquelle elle est invitée. Un plan parfait, vraiment ? En théorie seulement. Car, sous les baisers brûlants de Dario Olivero, cet Italien plus époustouflant que tous les princes de contes de fées, elle se sent happée par la passion. Frappée par un véritable coup de foudre ! Et elle, d'habitude si sage, se laisse surprendre dans une position compromettante par son amoureux éconduit... Désormais, la voilà seule, fuyant dans la nuit. Car son prétendant lui a annoncé qu'il n'hésiterait pas, pour laver cet affront, à se venger d'elle et de sa famille...

PASSIONS

Rêve. Trahison. Tentation.

Un homme et une femme.
Deux héros que tout oppose.
Ils n'ont rien en commun…
Ils ne croient plus en l'amour…
Ils sont amants… Ils sont rivaux…
Ils n'étaient pas censés s'aimer.
Et pourtant…
Ils vont renouer avec la passion.

6 livres à découvrir tous les mois.

DIVERTIR • INSPIRER • ÉMOUVOIR

HARLEQUIN
www.harlequin.fr

OFFRE DE BIENVENUE !

Vous êtes fan de la collection Azur ?
Pour prolonger le plaisir, recevez gratuitement

• 2 livres Azur gratuits •
et 1 cadeau surprise !

Une fois votre colis de bienvenue reçu, si vous souhaitez continuer à recevoir nos romans Azur, cela se fera automatiquement. Vous recevrez alors chaque mois 6 romans inédits de cette collection au tarif unitaire de 4,60€ (Frais de port France : 2,39€).

➡ LES BONNES RAISONS DE S'ABONNER :

<u>Aucun engagement de durée ni de minimum d'achat.</u>
•
Aucune adhésion à un club.
•
Vos romans en avant-première.
•
La livraison à domicile.

➡ ET AUSSI DES AVANTAGES EXCLUSIFS :

Des cadeaux tout au long de l'année.
•
Des réductions sur vos romans par le biais de nombreuses promotions.
•
Des romans exclusivement réédités notamment des sagas à succès.
•
Des points fidélité échangeables contre des livres ou des cadeaux.

➡ REJOIGNEZ-NOUS VITE EN COMPLÉTANT ET EN NOUS RENVOYANT LE BULLETIN !

✂ ....

Z1ZEA6

N° d'abonnée (si vous en avez un) ☐☐☐☐☐☐☐☐

Mme ☐ Mlle ☐ Nom : .... Prénom : ....

Adresse : ....

CP : ☐☐☐☐☐ Ville : ....

Pays : .... Téléphone : ☐☐☐☐☐☐☐☐☐☐

E-mail : ....

Date de naissance : ☐☐ ☐☐ ☐☐☐☐

<u>Renvoyez cette page à</u> : **Service Lectrices Harlequin – CS 20008 – 59718 Lille Cedex 9 - France**

Date limite : **31 décembre 2021**. Vous recevrez votre colis environ 20 jours après réception de ce bon. Offre soumise à acceptation et réservée aux personnes majeures, résidant en France métropolitaine. Prix susceptibles de modification en cours d'année. Vous pouvez demander à accéder à vos données personnelles, à les rectifier ou à les effacer. Il vous suffit de nous écrire en nous indiquant vos nom, prénom et adresse à : Service Lectrices Harlequin - CS 20008 - 59718 LILLE Cedex 9. Harlequin® est une marque déposée du groupe HarperCollins France – 83/85, Bd Vincent Auriol – 75646 Paris cedex 13. Tél : 01 45 82 47 47. SA au capital de 3 120 000€ - R.C. Paris. Siret 31867159100069/APE5811Z.

RESTEZ CONNECTÉ AVEC HARLEQUIN

Harlequin vous offre un large choix de littérature sentimentale !

Sélectionnez votre style parmi toutes les idées de lecture proposées !

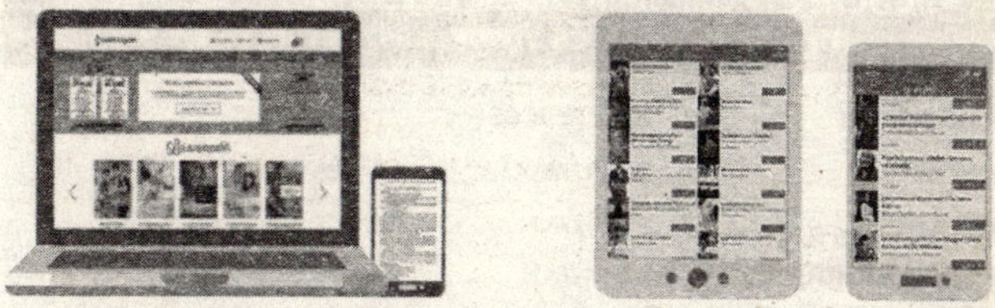

www.harlequin.fr

- **Découvrez** toutes nos actualités, exclusivités, promotions, parutions à venir...
- **Partagez** vos avis sur vos dernières lectures...
- **Lisez** gratuitement en ligne
- **Retrouvez** vos abonnements, vos romans dédicacés, vos livres et vos ebooks en précommande...

L'application Harlequin

- Des **ebooks gratuits** inclus dans l'application
- **50 nouveautés tous les mois** et + de 7 000 ebooks en téléchargement
- Des **petits prix** toute l'année
- Une **facilité de lecture** en un clic hors connexion
- Et plein d'autres avantages...

Téléchargez notre application gratuitement

Télécharger dans l'App Store

DISPONIBLE SUR Google Play

SUIVEZ-NOUS !

facebook.com/HarlequinFrance
twitter.com/harlequinfrance

OFFRE DÉCOUVERTE !

Vous souhaitez découvrir nos collections ? Recevez **votre 1er colis gratuit* avec 1 cadeau surprise !** Une fois votre colis de bienvenue reçu, si vous souhaitez continuer à recevoir nos livres, cela se fera automatiquement. Vous recevrez alors vos livres inédits** en avant-première.

Vous n'avez aucune obligation d'achat et cette offre est sans engagement de durée !

*1 livre offert + 1 cadeau / 2 livres offerts pour la collection Azur + 1 cadeau.
Pour la collection Intrigues : 1er colis à 17,25€ avec 2 livres + 1 cadeau.
**Les livres Ispahan, Sagas, Gentlemen et Hors-Série sont des réédités.

☛ **COCHEZ** la collection choisie et renvoyez cette page au
Service Lectrices Harlequin – CS 20008 – 59718 Lille Cedex 9 – France

Collections	Références	Prix colis
❑ **AZUR**	Z1ZFA6	6 livres par mois 29,99€
❑ **BLANCHE**	B1ZFA3	3 livres par mois 24,45€
❑ **LES HISTORIQUES**	H1ZFA2	2 livres par mois 17,09€
❑ **ISPAHAN**	Y1ZFA3	3 livres tous les 2 mois 23,85€
❑ **PASSIONS**	R1ZFA3	3 livres par mois 25,89€
❑ **SAGAS**	N1ZFA3	3 livres tous les 2 mois 28,86€
❑ **BLACK ROSE**	I1ZFA3	3 livres par mois 26,19€
❑ **VICTORIA**	V1ZFA3	3 livres tous les 2 mois 26,19€
❑ **GENTLEMEN**	G1ZFA2	2 livres tous les 2 mois 17,35€
❑ **HARMONY**	O1DFA3	3 livres tous les mois 20,16€
❑ **ALIÉNOR**	A1ZFA2	2 livres tous les 2 mois 17,75€
❑ **HORS-SÉRIE**	C1ZFA2	2 livres tous les 2 mois 18,25€
❑ **INTRIGUES**	T1ZFA2	2 livres tous les 2 mois 17,25€

N° d'abonnée Harlequin (si vous en avez un) ⎿⎿⎿⎿⎿⎿⎿⎿⎿

Mme ❑ Mlle ❑ Nom : ____________________

Prénom : ____________________ Adresse : ____________________

____

Code Postal : ⎿⎿⎿⎿⎿ Ville : ____________________

Pays : ____________________ Tél. : ⎿⎿⎿⎿⎿⎿⎿⎿⎿⎿

E-mail : ____________________

Date de naissance : ____________________

Date limite : 31 décembre 2021. Vous recevrez votre colis environ 20 jours après réception de ce bon. Offre soumise à acceptation et réservée aux personnes majeures, résidant en France métropolitaine, dans la limite des stocks disponibles. Prix susceptibles de modification en cours d'année. Vous pouvez demander à accéder à vos données personnelles, à les rectifier ou à les effacer. Il vous suffit de nous écrire en nous indiquant vos nom, prénom et adresse à : Service Lectrices Harlequin CS 20008 59718 LILLE Cedex 9. Service Lectrices disponible du lundi au vendredi de 9h à 17h : 01 45 82 47 47.

Harlequin® est une marque déposée du groupe HarperCollins France – 83/85, Bd Vincent Auriol – 75646 Paris cedex 13. SA au capital de 3 120 000€ – R.C. Paris. Siret 31867159100069/APE5811Z.